I0635040

LES VOYAGES EXTRAORDINAIRES

COURONNÉS PAR L'ACADÉMIE FRANÇAISE

JULES VERNE

Face au Drapeau

42
ILLUSTRATIONS

DONT

6 GRANDES PLANCHES

EN

CHROMOTYPOGRAPHIE

PAR

L. BENETT

BIBLIOTHÈQUE D'ÉDUCATION ET DE RÉCRÉATION

J. HETZEL ET Cⁱᵉ, 18, RUE JACOB

PARIS

FACE AU DRAPEAU

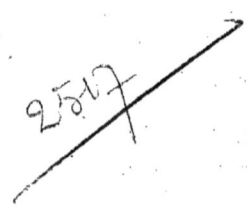

JULES VERNE

FACE AU DRAPEAU

COLLECTION HETZEL

LES VOYAGES EXTRAORDINAIRES

Couronnés par l'Académie française.

FACE AU DRAPEAU

PAR

JULES VERNE

42 ILLUSTRATIONS PAR L. BENETT

GRANDES GRAVURES EN CHROMOTYPOGRAPHIE

BIBLIOTHÈQUE
D'ÉDUCATION ET DE RÉCRÉATION
J. HETZEL ET Cⁱᵉ, 18, RUE JACOB

PARIS

FACE AU DRAPEAU

I

HEALTHFUL-HOUSE.

La carte que reçut ce jour-là — 15 juin 189. — le directeur de l'établissement de Healthful-House, portait correctement ce simple nom, sans écusson ni couronne :

LE COMTE D'ARTIGAS.

Au-dessous de ce nom, à l'angle de la carte, était écrite au crayon l'adresse suivante :

« A bord de la goélette *Ebba*, au mouillage de New-Berne, Pamplico-Sound. »

La capitale de la Caroline du Nord, — l'un des quarante-quatre États de l'Union à cette époque, — est l'assez importante ville de Raleigh, reculée de quelque cent cinquante milles à l'intérieur de la province. C'est grâce à sa position centrale que cette cité est devenue le siège de la législature, car d'autres l'égalent ou la dépassent en valeur industrielle et commerciale, — telles Wilmington, Charlotte, Fayetteville, Edenton, Washington, Salisbury, Tarboro, Halifax, New-Berne. Cette dernière ville s'élève au fond de l'estuaire de la Neuze-river qui se jette dans le Pamplico-Sound, sorte de vaste lac maritime, protégé par une digue naturelle, îles et ilots du littoral carolinien.

Le directeur de Healthful-House n'aurait jamais pu deviner pour quel motif il recevait cette carte, si elle n'eût été accompagnée d'un billet demandant pour le comte d'Artigas la permission de visiter son établissement. Ce personnage espérait que le directeur voudrait bien donner consentement à cette visite, et il devait se présenter dans l'après-midi avec le capitaine Spade, commandant la goélette *Ebba*.

Ce désir de pénétrer à l'intérieur de cette maison de santé, très célèbre alors, très recherchée des riches malades des États-Unis, ne pouvait paraître que des plus naturels de la part d'un étranger. D'autres l'avaient déjà visitée, qui ne portaient pas un aussi grand nom que le comte d'Artigas, et ils n'avaient point ménagé leurs compliments au directeur de Healthful-House. Celui-ci s'empressa donc d'accorder l'autorisation sollicitée, et répondit qu'il serait honoré d'ouvrir au comte d'Artigas les portes de l'établissement.

Healthful-House, desservie par un personnel de choix, assurée du concours des médecins les plus en renom, était de création privée. Indépendante des hôpitaux et des hospices, mais soumise à la surveillance de l'État, elle réunissait toutes les conditions de confort et de salubrité qu'exigent les maisons de ce genre, destinées à recevoir une opulente clientèle.

On eût difficilement trouvé un emplacement plus agréable que celui de Healthful-House. Au revers d'une colline s'étendait un parc de deux cents acres, planté de ces essences magnifiques que prodigue l'Amérique septentrionale dans sa partie égale en latitude aux groupes des Canaries et de Madère. A la limite inférieure du parc s'ouvrait ce large estuaire de la Neuze, incessamment rafraîchi par les brises du Pamplico-Sound et les vents de mer venus du large par-dessus l'étroit lido du littoral.

Healthful-House, où les riches malades étaient soignés dans d'excellentes conditions hygiéniques, était plus généralement réservée au traitement des maladies chroniques; mais l'administration ne refusait pas d'admettre ceux qu'affectaient des troubles intellectuels, lorsque ces affections ne présentaient pas un caractère incurable.

Or, précisément, — circonstance qui devait attirer l'attention sur Healthful-House, et qui motivait peut-être la visite du comte d'Artigas, — un personnage de grande notoriété y était tenu, depuis dix-huit mois, en observation toute spéciale.

Le personnage dont il s'agit était un Français, nommé Thomas Roch, âgé de quarante-cinq ans. Qu'il fût sous l'influence d'une maladie mentale, aucun doute à cet égard. Toutefois, jusqu'alors, les médecins aliénistes n'avaient pas constaté chez lui une perte définitive de ses facultés intellectuelles. Que la juste notion des choses lui fît défaut dans les actes les plus simples de l'existence, cela n'était que trop certain. Cependant sa raison restait entière, puissante, inattaquable, lorsque l'on faisait appel à son génie, et qui ne sait que génie et folie confinent trop souvent l'un à l'autre! Il est vrai, ses facultés affectives ou sensoriales étaient profondément atteintes. Lorsqu'il y avait lieu de les exercer, elles ne se manifestaient que par le délire et l'incohérence. Absence de mémoire, impossibilité d'attention, plus de conscience, plus de jugement. Ce Thomas Roch n'était alors qu'un être dépourvu de raison, incapable de se suffire, privé de cet instinct naturel qui ne fait pas défaut même à l'animal,— celui de la conservation, — et il fallait en prendre soin comme d'un enfant qu'on ne peut perdre de vue. Aussi, dans le pavillon 17 qu'il occupait au bas du parc de Healthful-House, son gardien avait-il pour tâche de le surveiller nuit et jour.

La folie commune, lorsqu'elle n'est pas incurable, ne saurait être guérie que par des moyens moraux. La médecine et la thérapeutique y sont impuissantes, et leur inefficacité est depuis longtemps reconnue des spécialistes. Ces moyens moraux étaient-ils applicables au cas de Thomas Roch? il était permis d'en douter, même en ce milieu tranquille et salubre de Healthful-House. En effet, l'inquiétude, les changements d'humeur, l'irritabilité, les bizarreries de caractère, la tristesse, l'apathie, la répugnance aux occupations sérieuses ou aux plaisirs, ces divers symptômes apparaissaient nettement. Aucun médecin n'aurait pu s'y méprendre, aucun traitement ne semblait capable de les guérir ni de les atténuer.

On a justement dit que la folie est un excès de subjectivité, c'est-à-dire un état où l'âme accorde trop à son labeur intérieur, et pas assez aux impressions du dehors. Chez Thomas Roch, cette indifférence était à peu près absolue. Il ne vivait qu'en dedans de lui-même, en proie à une idée fixe dont l'obsession l'avait amené là où il en était. Se produirait-il une circonstance, un contre-coup qui « l'extérioriserait », pour employer un mot assez exact, c'était improbable, mais ce n'était pas impossible.

Il convient d'exposer maintenant dans quelles conditions ce Français a quitté la France, quels motifs l'ont attiré aux États-Unis, pourquoi le gouvernement fédéral avait jugé prudent et nécessaire de l'interner dans cette maison de santé, où l'on noterait avec un soin minutieux tout ce qui lui échapperait d'inconscient au cours de ses crises.

Dix-huit mois auparavant, le ministre de la marine à Washington reçut une demande d'audience au sujet d'une communication que désirait lui faire ledit Thomas Roch.

Rien que sur ce nom, le ministre comprit ce dont il s'agissait. Bien qu'il sût de quelle nature serait la communication, quelles prétentions l'accompagneraient, il n'hésita pas, et l'audience fut immédiatement accordée.

En effet, la notoriété de Thomas Roch était telle que, soucieux des intérêts dont il avait charge, le ministre ne pouvait hésiter à recevoir le solliciteur, à prendre connaissance des propositions que celui-ci voulait personnellement lui soumettre.

Thomas Roch était un inventeur, — un inventeur de génie. Déjà d'importantes découvertes avaient mis sa personnalité assez bruyante en lumière. Grâce à lui, des problèmes, de pure théorie jusqu'alors, avaient reçu une application pratique. Son nom était connu dans la science. Il occupait l'une des premières places du monde savant. On va voir à la suite de quels ennuis, de quels déboires, de quelles déceptions, de quels outrages même dont l'abreuvèrent les plaisantins de la presse, il en arriva à cette période de la folie qui avait nécessité son internement à Healthful-House.

Sa dernière invention concernant les engins de guerre portait le nom de Fulgurateur Roch. Cet appareil possédait, à l'en croire, une telle supériorité sur tous autres, que l'État qui s'en rendrait acquéreur serait le maître absolu des continents et des mers.

On sait trop à quelles difficultés déplorables se heurtent les inventeurs, quand il s'agit de leurs inventions, et surtout lorsqu'ils tentent de les faire adopter par les commissions ministérielles. Nombre d'exemples, — et des plus fameux, — sont encore présents à la mémoire. Il est inutile d'insister sur ce point, car ces sortes d'affaires présentent parfois des dessous difficiles à éclaircir. Toutefois, en ce qui concerne Thomas Roch, il est juste d'avouer que, comme la plupart de ses prédécesseurs, il émettait des prétentions si excessives, il cotait la valeur de son nouvel engin à des prix si inabordables qu'il devenait à peu près impossible de traiter avec lui.

Cela tenait, — il faut le noter aussi, — à ce que déjà, à propos d'inventions précédentes dont l'application fut féconde en résultats, il s'était vu exploiter avec une rare audace. N'ayant pu en retirer le bénéfice qu'il devait équitablement attendre, son humeur avait commencé à s'aigrir. Devenu défiant, il prétendait ne se livrer qu'à bon escient, imposer des conditions peut-être inacceptables, être cru sur parole, et, dans tous les cas, il demandait une somme d'argent si considérable, même avant toute expérience, que de telles exigences parurent inadmissibles.

En premier lieu, ce Français offrit le Fulgurateur Roch à la France. Il fit connaître à la commission ayant qualité pour recevoir sa communication en quoi elle consistait. Il s'agissait d'une sorte d'engin autopropulsif, de fabrication toute spéciale, chargé avec un explosif composé de substances nouvelles, et qui ne produisait son effet que sous l'action d'un déflagrateur nouveau aussi.

Lorsque cet engin, de quelque manière qu'il eût été envoyé, éclatait, non point en frappant le but visé, mais à la distance de quelques centaines de mètres, son action sur les couches atmosphériques était si énorme, que toute construction, fort détaché ou navire de guerre, devait être anéanti sur une zone de dix mille mètres carrés. Tel était le principe du boulet lancé par le canon pneumatique Zalinski, déjà expérimenté à cette époque, mais avec des résultats à tout le moins centuplés.

Si donc l'invention de Thomas Roch possédait cette puissance, c'était la supériorité offensive ou défensive assurée à son pays. Toutefois l'inventeur n'exagérait-il pas, bien qu'il eût fait ses preuves à propos d'autres engins de sa façon et d'un rendement incontestable? Des expériences pouvaient seules le démontrer. Or, précisément, il prétendait ne consentir à ces expériences qu'après avoir touché les millions auxquels il évaluait la valeur de son Fulgurateur.

Il est certain qu'une sorte de déséquilibrement s'était alors produit dans les facultés intellectuelles de Thomas Roch. Il n'avait plus l'entière possession de sa cérébralité. On le sentait engagé sur une voie qui le conduirait graduellement à la folie définitive. Traiter dans les conditions qu'il voulait imposer, nul gouvernement n'aurait pu y condescendre.

La commission française dut rompre tout pourparler, et les journaux, même ceux de l'opposition radicale, durent reconnaître qu'il était difficile de donner suite à cette affaire. Les propositions de Thomas Roch furent rejetées, sans qu'on eût à craindre, d'ailleurs, qu'un autre État pût consentir à les accueillir.

Avec cet excès de subjectivité qui ne cessa de s'accroître dans l'âme si profondément bouleversée de Thomas Roch, on ne s'étonnera pas que la corde du patriotisme, peu à peu détendue, eût fini par ne plus vibrer. Il faut le répéter pour l'honneur de la nature humaine, Thomas Roch était, à cette heure, frappé d'inconscience. Il ne se survivait intact que dans ce qui se rapportait directement à son invention. Là-dessus, il n'avait rien perdu de sa puissance géniale. Mais en tout ce qui concernait les détails les plus ordinaires de l'existence, son affaissement moral s'accentuait chaque jour et lui enlevait la complète responsabilité de ses actes.

Thomas Roch fut donc éconduit. Peut-être alors eût-il convenu d'empêcher qu'il portât son invention autre part... On ne le fit pas, et ce fut un tort.

Ce qui devait arriver, arriva. Sous une irritabilité croissante, les sentiments de patriotisme, qui sont de l'essence même du citoyen, — lequel avant de s'appartenir appartient à son pays, — ces sentiments s'éteignirent dans l'âme de l'inventeur déçu. Il songea aux autres nations, il franchit la frontière, il oublia l'inoubliable passé, il offrit le Fulgurateur à l'Allemagne.

Là, dès qu'il sut quelles étaient les exorbitantes prétentions de Thomas Roch, le gouvernement refusa de recevoir sa communication. Au surplus, la Guerre venait de mettre à l'étude la fabrication d'un nouvel engin balistique et crut pouvoir dédaigner celui de l'inventeur français.

Alors, chez celui-ci, la colère se doubla de haine, — une haine d'instinct contre l'humanité, — surtout après que ses démarches eurent échoué vis-à-vis du conseil de l'Amirauté de la Grande-Bretagne. Comme les Anglais sont des gens pratiques, ils ne repoussèrent pas tout d'abord Thomas Roch, ils le tâtèrent, ils le circonvinrent. Thomas Roch ne voulut rien entendre. Son secret valait des millions, il obtiendrait ces millions, ou l'on n'aurait pas son secret. L'Amirauté finit par rompre avec lui.

Ce fut dans ces conditions, alors que son trouble intellectuel empirait de jour en jour, qu'il fit une dernière tentative vis-à-vis de l'Amérique, — dix-huit mois environ avant le début de cette histoire.

Les Américains, encore plus pratiques que les Anglais, ne marchandèrent pas le Fulgurateur Roch, auquel ils accordaient une valeur exceptionnelle, étant donnée la notoriété du chimiste français. Avec raison, ils le tenaient pour un homme de génie, et prirent des mesures justifiées par son état — quitte à l'indemniser plus tard dans une équitable proportion.

Comme Thomas Roch donnait des preuves trop visibles d'aliénation mentale, l'administration, dans l'intérêt même de son invention, jugea opportun de l'enfermer.

On le sait, ce n'est point au fond d'un hospice de fous que fut conduit Thomas Roch, mais à l'établissement de Healthful-House, qui offrait toute garantie pour le traitement de sa maladie. Et, cependant, bien que les soins les plus attentifs ne lui eussent point manqué, le but n'avait pas été atteint jusqu'à ce jour.

Encore une fois, — il y a lieu d'insister sur ce point, — c'est que Thomas Roch, si inconscient qu'il fût, se ressaisissait lorsqu'on le remettait sur le champ de ses découvertes. Il s'animait, il parlait avec la fermeté d'un homme qui est sûr de lui, avec une autorité qui imposait. Dans le feu de son éloquence, il décrivait les qualités merveilleuses de son Fulgurateur, les effets vraiment extraordinaires qui

HEALTHFUL-HOUSE.

en résulteraient. Mais, quant à la nature de l'explosif et du défla-grateur, les éléments qui le composaient, leur fabrication, le tour de main qu'elle nécessitait, il se retranchait dans une réserve dont rien n'avait pu le faire sortir. Une ou deux fois, au plus fort d'une crise, on eut lieu de croire que son secret allait lui échapper, et toutes les précautions avaient été prises... Ce fut en vain. Si Tho-mas Roch ne possédait même plus le sentiment de sa propre conser-vation, du moins s'assurait-il la conservation de sa découverte.

Le pavillon 17 du parc de Healthful-House était entouré d'un jar-din, ceint de haies vives, dans lequel Thomas Roch pouvait se pro-mener sous la surveillance de son gardien. Ce gardien occupait le même pavillon que lui, couchait dans la même chambre, l'observait nuit et jour, ne le quittait jamais d'une heure. Il épiait ses moindres paroles au cours des hallucinations qui se produisaient généralement dans l'état intermédiaire entre la veille et le sommeil, il l'écoutait jusque dans ses rêves.

Ce gardien se nommait Gaydon. Peu de temps après la séquestra-tion de Thomas Roch, ayant appris que l'on cherchait un surveillant qui parlât couramment la langue de l'inventeur, il s'était présenté à Healthful-House, et avait été accepté en qualité de gardien du nou-veau pensionnaire.

En réalité, ce prétendu Gaydon était un ingénieur français nommé Simon Hart, depuis plusieurs années au service d'une société de pro-duits chimiques, établie dans le New-Jersey. Simon Hart, âgé de quarante ans, avait le front large, marqué du pli de l'observateur, l'attitude résolue qui dénotait l'énergie jointe à la ténacité. Très versé dans ces diverses questions auxquelles se rattachait le perfec-tionnement de l'armement moderne, ces inventions de nature à en modifier la valeur, Simon Hart connaissait tout ce qui s'était fait en matière d'explosifs, dont on comptait plus de onze cents à cette époque, — et il n'en était plus à apprécier un homme tel que Thomas Roch. Croyant à la puissance de son Fulgurateur il ne doutait pas qu'il fût en possession d'un engin capable de changer les conditions de la guerre sur terre et sur mer, soit pour l'offensive, soit pour la défensive. Il savait que la folie avait respecté en lui l'homme de science, que dans ce cerveau, en partie frappé, brillait encore une clarté, une flamme, la flamme du génie. Alors il eut cette pensée : c'est que si, pendant ses crises, son secret se révélait, cette invention d'un Français profiterait à un autre pays que la France. Son parti fut pris de s'offrir comme gardien de Thomas Roch, en se donnant pour un Américain très exercé à l'emploi de la langue française. Il prétexta un voyage en Europe, il donna sa démission, il changea de nom. Bref, heureusement servie par les circonstances, la proposition qu'il fit fut acceptée, et voilà comment, depuis quinze mois, Simon Hart remplissait près du pensionnaire de Healthful-House l'office de surveillant.

Cette résolution témoignait d'un dévouement rare, d'un noble patriotisme, car il s'agissait d'un service pénible pour un homme de la classe et de l'éducation de Simon Hart. Mais — qu'on ne l'oublie pas, — l'ingénieur n'entendait en aucune façon dépouiller Thomas Roch, s'il parvenait à surprendre son invention, et celui-ci en aurait le légitime bénéfice.

Or, depuis quinze mois, Simon Hart, ou plutôt Gaydon, vivait ainsi près de ce dément, observant, guettant, interrogeant même, sans avoir rien gagné. D'ailleurs, il était plus que jamais convaincu de l'importance de la découverte de Thomas Roch. Aussi, ce qu'il craignait, par-dessus tout, c'était que la folie partielle de son pensionnaire dégénérât en folie générale, ou qu'une crise suprême anéantît son secret avec lui.

Telle était la situation de Simon Hart, telle était la mission à laquelle il se sacrifiait tout entier dans l'intérêt de son pays.

Cependant, malgré tant de déceptions et de déboires, la santé de Thomas Roch n'était pas compromise, grâce à sa constitution vigoureuse. La nervosité de son tempérament lui avait permis de résister à ces multiples causes destructives. De taille moyenne, la tête puissante, le front largement dégagé, le crâne volumineux, les cheveux grisonnants, l'œil hagard parfois, mais vif, fixe, impérieux, lorsque sa pensée dominante y faisait briller un éclair, une moustache épaisse sous un nez aux ailes palpitantes, une bouche aux lèvres serrées, comme si elles se fermaient pour ne pas laisser échapper un secret, la physionomie pensive, l'attitude d'un homme qui a longtemps lutté et qui est résolu à lutter encore — tel était l'inventeur Thomas Roch, enfermé dans un des pavillons de Healthful-House, n'ayant peut-être pas conscience de cette séquestration, et confié à la surveillance de l'ingénieur Simon Hart, devenu le gardien Gaydon.

II

LE COMTE D'ARTIGAS.

Au juste, qui était ce comte d'Artigas? Un Espagnol?... En somme, son nom semblait l'indiquer. Toutefois, au tableau d'arrière de sa goélette se détachait en lettres d'or le nom d'*Ebba*, et celui-là est de pure origine norvégienne. Et si l'on eût demandé à ce personnage comment s'appelait le capitaine de l'*Ebba* : Spade, aurait-il répondu, et Effrondat, son maître d'équipage, et Hélim, son maître coq, — tous noms singulièrement disparates, qui indiquaient des nationalités très différentes.

Pouvait-on déduire quelque hypothèse plausible du type que présentait le comte d'Artigas?... Difficilement. Si la coloration de sa peau, sa chevelure très noire, la grâce de son attitude, dénonçaient une origine espagnole, l'ensemble de sa personne n'offrait point ces caractères de race qui sont spéciaux aux natifs de la péninsule ibérique.

C'était un homme d'une taille au-dessus de la moyenne, très ro-
bustement constitué, âgé de quarante-cinq ans au plus. Avec sa
démarche calme et hautaine, il ressemblait à quelque seigneur
indou auquel se fût mêlé le sang des superbes types de la Malaisie. S'il n'était pas de complexion froide, du moins s'attachait-il
à paraître tel avec son geste impérieux, sa parole brève. Quant
à la langue dont son équipage et lui se servaient, c'était un de
ces idiomes qui ont cours dans les îles de l'océan Indien et des
mers environnantes. Il est vrai, lorsque ses excursions maritimes
l'amenaient sur le littoral de l'ancien ou du nouveau monde, il
s'exprimait avec une remarquable facilité en anglais, ne trahissant
que par un léger accent son origine étrangère.

Ce qu'avait été le passé du comte d'Artigas, les diverses péripéties
d'une existence des plus mystérieuses, ce qu'était son présent,
de quelle source sortait sa fortune, — évidemment considérable
puisqu'elle lui permettait de vivre en fastueux gentleman, — en quel
endroit se trouvait sa résidence habituelle, tout au moins quel était
le port d'attache de sa goélette, personne ne l'eût pu dire, et personne
ne se fût hasardé à l'interroger sur ce point, tant il se montrait peu
communicatif. Il ne semblait pas homme à se compromettre dans une
interview, même au profit des reporters américains.

Ce que l'on savait de lui, c'était uniquement ce que disaient les
journaux, lorsqu'ils signalaient la présence de l'*Ebba* en quelque
port, et, en particulier, ceux de la côte orientale des États-Unis. Là,
en effet, la goélette venait, presque à époques fixes, s'approvisionner
de tout ce qui est indispensable aux besoins d'une longue navigation.
Non seulement elle se ravitaillait en provisions de bouche, farines,
biscuits, conserves, viande sèche et viande fraîche, bœufs et moutons sur pied, vins, bières et boissons alcooliques, mais aussi en vêtements, ustensiles, objets de luxe et de nécessaire, — le tout payé
de haut prix, soit en dollars, soit en guinées ou autres monnaies de
diverses provenances.

Il suit de là que, si l'on ne savait rien de la vie privée du comte d'Artigas, il n'en était pas moins fort connu dans les divers ports du littoral américain, depuis ceux de la presqu'île floridienne jusqu'à ceux de la Nouvelle-Angleterre.

Il n'y a donc pas lieu de s'étonner que le directeur d'Healthful-House se fût trouvé très honoré de la demande du comte d'Artigas, qu'il l'accueillît avec empressement.

C''était la première fois que la goélette *Ebba* relâchait au port de New-Berne. Et, sans doute, le seul caprice de son propriétaire avait dû l'amener à l'embouchure de la Neuze. Que serait-il venu faire en cet endroit?... Se ravitailler?... Non, car le Pamplico-Sound n'eût pas offert les ressources qu'offraient d'autres ports, tels que Boston, New-York, Dover, Savannah, Wilmington dans la Caroline du Nord, et Charleston dans la Caroline du Sud. En cet estuaire de la Neuze, sur le marché peu important de New-Berne, contre quelles marchandises le comte d'Artigas aurait-il pu échanger ses piastres et ses bank-notes? Ce chef-lieu du comté de Craven ne possède guère que cinq à six mille habitants. Le commerce s'y réduit à l'exportation des graines, des porcs, des meubles, des munitions navales. En outre, quelques semaines avant, pendant une relâche de dix jours à Charleston, la goélette avait pris son complet chargement pour une destination qu'on ignorait comme toujours.

Était-il donc venu, cet énigmatique personnage, dans l'unique but de visiter Healthful-House?... Peut-être, et n'y avait-il rien de surprenant à cela, puisque cet établissement jouissait d'une très réelle et très juste célébrité.

Peut-être aussi le comte d'Artigas avait-il eu cette fantaisie de se rencontrer avec Thomas Roch? La notoriété universelle de l'inventeur français eût justifié cette curiosité. Un fou de génie, dont les inventions promettaient de révolutionner les méthodes de l'art militaire moderne!

Dans l'après-midi, ainsi que l'indiquait sa demande, le comte d'Artigas se présenta à la porte de Healthful-House, accompagné du capitaine Spade, le commandant de l'*Ebba*.

En conformité des ordres donnés, tous deux furent admis et conduits dans le cabinet du directeur.

Celui-ci fit au comte d'Artigas un accueil empressé, se mit à sa disposition, ne voulant'laisser à personne l'honneur d'être son cicerone, et il reçut de sincères remerciements pour son obligeance. Tandis que l'on visitait les salles communes et les habitations particulières de l'établissement, le directeur ne tarissait pas sur les soins donnés aux malades, — soins très supérieurs, si l'on voulait bien l'en croire, à ceux qu'ils eussent reçus dans leurs familles, traitements de luxe, répétait-il, et dont les résultats avaient valu à Healthful-House un succès mérité.

Le comte d'Artigas, écoutant sans se départir de son flegme habituel, semblait s'intéresser à cette faconde intarissable, afin de mieux dissimuler probablement le désir qui l'avait amené. Cependant, après une heure consacrée à cette promenade, crut-il devoir dire :

« N'avez-vous pas, monsieur, un malade dont on a beaucoup parlé ces derniers temps, et qui a même contribué, dans une forte mesure, à attirer l'attention publique sur Healthful-House ?

— C'est, je pense, de Thomas Roch que vous voulez parler, monsieur le comte ?... demanda le directeur.

— En effet... de ce Français... de cet inventeur dont la raison paraît être très compromise...

— Très compromise, monsieur le comte, et peut-être est-il heureux qu'elle le soit ! A mon avis, l'humanité n'a rien à gagner à ces découvertes dont l'application accroît les moyens de destruction, trop nombreux déjà...

— C'est penser sagement, monsieur le directeur, et, à ce sujet, mon opinion est la vôtre. Le véritable progrès n'est pas de ce côté, et je regarde comme des génies malfaisants ceux qui marchent dans cette voie. — Mais cet inventeur a-t-il donc perdu entièrement l'usage de ses facultés intellectuelles ?...

— Entièrement... non... monsieur le comte, si ce n'est en ce qui concerne les choses ordinaires de l'existence. A cet égard, il n'a plus ni compréhension ni responsabilité. Toutefois son génie d'inventeur est resté intact, il a survécu à la dégénérescence mentale, et, si l'on eût cédé à ses prétentions hors de bon sens, je ne mets pas en doute qu'il fût sorti de ses mains un nouvel engin de guerre... dont le besoin ne se fait aucunement sentir...

— Aucunement, monsieur le directeur, répéta le comte d'Artigas, que le capitaine Spade parut approuver.

— Du reste, monsieur le comte, vous pourrez en juger par vous-même. Nous voici arrivés devant le pavillon occupé par Thomas Roch. Si sa claustration est très justifiée au point de vue de la sécurité publique, il n'en est pas moins traité avec tous les égards qui lui sont dus et les soins que nécessite son état. Et puis, à Healthful-House, il est à l'abri des indiscrets qui pourraient vouloir... »

Le directeur compléta sa phrase par un hochement de tête des plus significatifs, — ce qui amena un imperceptible sourire sur les lèvres de l'étranger.

« Mais, demanda le comte d'Artigas, est-ce que Thomas Roch n'est jamais laissé seul ?...

— Jamais, monsieur le comte, jamais. Il a près de lui en surveillance permanente un gardien qui parle sa langue et dont nous sommes absolument sûrs. Dans le cas où, d'une manière ou d'une autre, il lui échapperait quelque indication relative à sa découverte, cette indication serait à l'instant recueillie, et l'on verrait quel usage il conviendrait d'en faire. »

En ce moment, le comte d'Artigas jeta un rapide coup d'œil au capitaine Spade, lequel répondit par un geste qui semblait dire : c'est compris. Et, de fait, qui eût observé le capitaine pendant cette visite, aurait remarqué qu'il examinait avec une minutie particulière toute cette partie du parc entourant le pavillon 17, les diverses ouvertures qui y donnaient accès, — probablement en vue d'un projet arrêté d'avance.

Le jardin de ce pavillon confinait au mur d'enceinte de Healthful-

THOMAS ROCH.

House. A l'extérieur, ce mur fermait la base même de la colline dont le revers s'allongeait en pente douce jusqu'à la rive droite de la Neuze.

Ce pavillon n'avait qu'un rez-de-chaussée, surmonté d'une terrasse à l'italienne. Le rez-de-chaussée comprenait deux chambres et une antichambre, avec fenêtres défendues par des barreaux de fer. De chaque côté de l'habitation se dressaient de beaux arbres, alors dans toute la splendeur de leurs frondaisons. En avant verdoyaient de

Simon Hart vivait près de ce dément. (Page 10.)

fraiches pelouses veloutées, où ne manquaient ni les arbrisseaux
variés, ni les fleurs éclatantes. L'ensemble s'étendait sur un demi-acre
environ, à l'usage exclusif de Thomas Roch, libre d'aller à travers
ce jardin sous la surveillance de son gardien.

Lorsque le comte d'Artigas, le capitaine Spade et le directeur pé-
nétrèrent dans cet enclos, celui qu'ils aperçurent à la porte du pavillon fut le gardien Gaydon.

Immédiatement, le regard du comte d'Artigas se porta sur ce gardien qu'il parut observer avec une insistance singulière, qui ne fut point remarquée du directeur.

Ce n'était pas la première fois, cependant, que des étrangers venaient rendre visite à l'hôte du pavillon 17, car l'inventeur français passait à juste titre pour être le plus curieux pensionnaire de Healthful-House. Néanmoins, l'attention de Gaydon fut sollicitée par l'originalité du type que présentaient ces deux personnages, dont il ignorait la nationalité. Si le nom du comte d'Artigas ne lui était pas inconnu, il n'avait jamais eu l'occasion de rencontrer ce riche gentleman pendant ses relâches dans les ports de l'est, et il ne savait pas que la goélette *Ebba* fût alors mouillée à l'entrée de la Neuze, au pied de la colline de Healthful-House.

« Gaydon, demanda le directeur, où est en ce moment Thomas Roch?...

— Là, répondit le gardien, en montrant de la main un homme qui se promenait d'un pas méditatif sous les arbres en arrière du pavillon.

— M. le comte d'Artigas a été autorisé à visiter Healthful-House, et il n'a pas voulu repartir sans avoir vu Thomas Roch dont on n'a que trop parlé ces derniers temps...

— Et dont on parlerait bien davantage, répondit le comte d'Artigas, si le gouvernement fédéral n'eût pris la précaution de l'enfermer dans cet établissement...

— Précaution nécessaire, monsieur le comte.

— Nécessaire, en effet, monsieur le directeur, et mieux vaut que le secret de cet inventeur s'éteigne avec lui, pour le repos du monde. »

Après avoir regardé le comte d'Artigas, Gaydon n'avait plus prononcé une seule parole, et, précédant les deux étrangers, il se dirigea vers le massif au fond de l'enclos.

Les visiteurs n'eurent que quelques pas à faire pour se trouver en face de Thomas Roch.

Thomas Roch ne les avait pas vus venir, et, lorsqu'ils furent à courte distance de lui, il est présumable qu'il ne remarqua point leur présence.

Entre temps, le capitaine Spade, sans donner prise aux soupçons, ne cessait d'examiner la disposition des lieux, la place occupée par le pavillon 17 en cette partie inférieure du parc de Healthful-House. Lorsqu'il eut remonté les allées en pente, il distingua aisément l'extrémité d'une mâture qui pointait au-dessus du mur d'enceinte. Pour reconnaître la mâture de la goélette *Ebba,* il lui suffit d'un coup d'œil, et il put s'assurer ainsi que, de ce côté, le mur longeait la rive droite de la Neuze.

Cependant le comte d'Artigas observait l'inventeur français. Chez cet homme, vigoureux encore, — il le reconnut, — la santé ne paraissait pas avoir souffert d'une séquestration qui durait depuis dix-huit mois déjà. Mais son attitude bizarre, ses gestes incohérents, son œil hagard, son inattention à tout ce qui se faisait autour de lui, ne dénotaient que trop un complet état d'inconscience et un abaissement profond des facultés mentales.

Thomas Roch venait de s'asseoir sur un banc, et du bout d'une badine qu'il tenait à la main, il traça sur l'allée un profil de fortification. Puis, s'agenouillant, il fit de petites meules de sable qui figuraient évidemment des bastions. Alors, après avoir détaché quelques feuilles d'un arbuste voisin, il les planta sur la pointe des meules, comme autant de drapeaux minuscules, — tout cela sérieusement, sans qu'il se fût en aucune façon préoccupé des personnes qui le regardaient.

C'était là un jeu d'enfants, mais un enfant n'aurait pas eu cette gravité caractéristique.

« Est-il donc absolument fou?... demanda le comte d'Artigas, qui, malgré son impassibilité habituelle, parut ressentir quelque désappointement.

— Je vous ai prévenu, monsieur le comte, qu'on ne pouvait rien en obtenir, répondit le directeur.

— Ne saurait-il au moins nous prêter quelque attention ?...

— L'y décider sera peut-être difficile. »

Et, se retournant vers le gardien :

« Adressez-lui la parole, Gaydon, et peut-être en entendant votre voix, viendra-t-il à vous répondre ?...

— Il me répondra, soyez-en certain, monsieur le directeur, » dit Gaydon.

Puis, touchant son pensionnaire à l'épaule :

« Thomas Roch ?... » prononça-t-il d'un ton assez doux.

Celui-ci releva la tête, et, de toutes les personnes présentes, il ne vit sans doute que son gardien, bien que le comte d'Artigas, le capitaine Spade qui venait de se rapprocher, et le directeur formassent cercle autour de lui.

« Thomas Roch, dit Gaydon, qui s'exprimait en anglais, voici des étrangers désireux de vous voir... Ils s'intéressent à votre santé... à vos travaux... »

Ce dernier mot fut le seul qui parut tirer l'inventeur de son indifférence.

« Mes travaux ?... » répliqua-t-il en cette même langue anglaise qu'il parlait comme sa langue originelle.

Prenant alors un caillou entre son index et son pouce repliés, comme une bille entre les doigts d'un gamin, il le projeta contre une des meules de sable et l'abattit.

Un cri de joie lui échappa.

« Par terre !... Le bastion par terre !... Mon explosif a tout détruit d'un seul coup ! »

Thomas Roch s'était relevé, le feu du triomphe brillait dans ses yeux.

« Vous le voyez, dit le directeur en s'adressant au comte d'Artigas, l'idée de son invention ne l'abandonne jamais...

— Et mourra avec lui ! affirma le gardien Gaydon.

— Ne pourriez-vous, Gaydon, l'amener à causer de son Fulgurateur ?...

— Si vous m'en donnez l'ordre, monsieur le directeur... j'essaierai...

— Je vous le donne, car je crois que cela peut intéresser le comte d'Artigas...

— En effet, répondit le comte d'Artigas, sans que sa froide physionomie laissât rien voir des sentiments qui l'agitaient.

— Je dois vous prévenir que je risque d'occasionner une nouvelle crise... fit observer le gardien.

— Vous arrêterez la conversation lorsque vous le jugerez convenable. Dites à Thomas Roch qu'un étranger désire traiter avec lui de l'achat de son Fulgurateur...

— Mais ne craignez-vous pas que son secret lui échappe?...» répliqua le comte d'Artigas.

Et cela fut dit avec tant de vivacité que Gaydon ne put retenir un regard de défiance dont ne parut point s'inquiéter cet impénétrable personnage.

« Il n'y a rien à craindre, répondit-il, et aucune promesse n'arrachera son secret à Thomas Roch!... Tant qu'on ne lui aura pas mis dans la main les millions qu'il exige...

— Je ne les ai pas sur moi, » répondit tranquillement le comte d'Artigas.

Gaydon revint à son pensionnaire, et, comme la première fois, le touchant à l'épaule :

« Thomas Roch, dit-il, voici des étrangers qui se proposent d'acheter votre découverte... »

Thomas Roch se redressa.

« Ma découverte... s'écria-t-il, mon explosif... mon déflagrateur?... »

Et une animation croissante indiquait bien l'imminence de cette crise dont Gaydon avait parlé, et que provoquaient toujours les questions de ce genre.

« Combien voulez-vous me l'acheter... combien?... » ajouta Thomas Roch.

Il n'y avait aucun inconvénient à lui promettre une somme si énorme qu'elle fût.

« Combien... combien?... répétait-il.

— Dix millions de dollars, répondit Gaydon.

— Dix millions?... s'écria Thomas Roch. Dix millions... un Fulgurateur dont la puissance est dix millions de fois supérieure à tout ce qu'on a fait jusqu'ici?... Dix millions... un projectile autopropulsif qui peut, en éclatant, étendre sa puissance destructive sur dix mille mètres carrés!... Dix millions... le seul déflagrateur capable de provoquer son explosion!... Mais toutes les richesses du monde ne suffiraient pas à payer le secret de mon engin, et plutôt que de le livrer à ce prix, je me couperais la langue avec les dents!... Dix millions, quand cela vaut un milliard... un milliard... un milliard!... »

Thomas Roch se montrait bien l'homme auquel toute notion des choses faisait défaut, lorsqu'il s'agissait de traiter avec lui. Et, lors même que Gaydon lui eût offert dix milliards, cet insensé en aurait exigé davantage.

Le comte d'Artigas et le capitaine Spade n'avaient cessé de l'observer depuis le début de cette crise, — le comte, toujours flegmatique, bien que son front se fût rembruni, — le capitaine secouant la tête en homme qui semblait dire : Décidément, il n'y a rien à faire de ce malheureux!

Thomas Roch, du reste, venait de s'enfuir, et il courait à travers le jardin, criant d'une voix étranglée par la colère :

« Des milliards... des milliards! »

Gaydon, s'adressant alors au directeur, lui dit :

« Je vous avais prévenu! »

Puis, il se mit à la poursuite de son pensionnaire, le rejoignit, le prit par le bras, et, sans éprouver trop de résistance, le ramena dans le pavillon, dont la porte fut aussitôt refermée.

Le comte d'Artigas demeura seul avec le directeur, tandis que le capitaine Spade parcourait une dernière fois le jardin le long du mur inférieur.

« Je n'avais point exagéré, monsieur le comte, déclara le directeur. Il est constant que la maladie de Thomas Roch fait chaque jour
de nouveaux progrès. A mon avis, sa folie est déjà incurable. Mit-on
à sa disposition tout l'argent qu'il demande, on n'en pourrait rien
tirer...

— C'est probable, répondit le comte d'Artigas, et cependant, si ses
exigences financières vont jusqu'à l'absurde, il n'en a pas moins inventé un engin d'une puissance pour ainsi dire infinie...

— C'est l'opinion des personnes compétentes, monsieur le comte ;
mais ce qu'il a découvert ne tardera pas à disparaître avec lui dans
une de ces crises qui deviennent plus intenses et plus fréquentes.
Bientôt, même, le mobile de l'intérêt, le seul qui semble avoir survécu dans son âme, disparaîtra...

— Restera peut-être le mobile de la haine ! » murmura le comte
d'Artigas, au moment où le capitaine Spade venait de le rejoindre
devant la porte du jardin.

III

DOUBLE ENLÈVEMENT.

Une demi-heure après, le comte d'Artigas et le capitaine Spade
suivaient le chemin, bordé de hêtres séculaires, qui sépare de la rive
droite de la Neuze l'établissement de Healthful-House. Tous deux
avaient pris congé du directeur, — celui-ci se disant très honoré de
leur visite, ceux-là le remerciant de son bienveillant accueil. Une
centaine de dollars, destinés au personnel de la maison, témoignaient des généreuses dispositions du comte d'Artigas. C'était, —

comment en douter? — un étranger de la plus haute distinction, si
c'est à la générosité que la distinction se mesure.

Sortis par la grille qui fermait Healthful-House à mi-colline, le
comte d'Artigas et le capitaine Spade avaient contourné le mur
d'enceinte, dont l'élévation défiait toute tentative d'escalade. Le premier était pensif, et, d'ordinaire, son compagnon avait l'habitude
d'attendre qu'il lui adressât la parole.

Le comte d'Artigas ne s'y décida qu'au moment où, s'étant arrêté
sur le chemin, il put mesurer du regard la crête du mur derrière
lequel s'élevait le pavillon 17.

« Tu as eu le temps, demanda-t-il, de prendre une connaissance
exacte des lieux?...

— Exacte, monsieur le comte, répondit le capitaine Spade, en in-
sistant sur le titre qu'il donnait à l'étranger.

— Rien ne t'a échappé?...

— Rien de ce qu'il était utile de savoir. Par sa situation derrière
ce mur, le pavillon est facilement abordable, et, si vous persistez
dans vos projets...

— Je persiste, Spade.

— Malgré l'état mental où se trouve Thomas Roch?...

— Malgré cet état, et si nous parvenons à l'enlever...

— Cela, c'est mon affaire. La nuit venue, je me charge de pénétrer
dans le parc de Healthful-House, puis dans l'enclos du pavillon,
sans être aperçu de personne...

— Par la grille d'entrée?...

— Non... de ce côté.

— Mais, de ce côté, il y a le mur, et après l'avoir franchi, comment
le repasseras-tu avec Thomas Roch, si ce fou appelle... s'il oppose
quelque résistance... si son gardien donne l'alarme...

— Que cela ne vous inquiète pas... Nous n'aurons qu'à entrer et
à sortir par cette porte. »

Le capitaine Spade montrait, à quelques pas, une étroite porte,
ménagée dans le milieu de l'enceinte, qui ne servait, sans doute,

Tandis que le capitaine Spade parcourait le jardin... (Page 22.)

qu'aux gens de la maison, lorsque leur service les appelait sur les bords de la Neuze.

« C'est par là, reprit le capitaine Spade, que nous aurons accès dans le parc, et sans avoir eu la peine d'employer une échelle.

— Cette porte est fermée....

— Elle s'ouvrira.

— N'y a-t-il donc pas des verrous intérieurement ?...

4

— Je les ai repoussés pendant ma promenade au bas du jardin
et le directeur n'en a rien vu... »

Le comte d'Artigas s'approcha de la porte et dit :

« Comment l'ouvriras-tu ?

— En voici la clef, » répondit le capitaine Spade.

Et il présenta une clef qu'il avait retirée de la serrure, après avoir
dégagé les verrous de leur gâche.

« On ne peut mieux, Spade, dit le comte d'Artigas, et il est probable que l'enlèvement ne présentera pas trop de difficultés. Rejoi-
gnons la goélette. Vers huit heures, quand il fera nuit, une des
embarcations te déposera avec cinq hommes...

— Oui... cinq hommes, répondit le capitaine Spade. Ils suffiront
même pour le cas où ce gardien aurait l'éveil, et qu'il fallût se débarrasser de lui...

— S'en débarrasser... répliqua le comte d'Artigas, soit... si cela
était absolument nécessaire... Mais il est préférable de s'emparer de
ce Gaydon et de l'amener à bord de l'*Ebba*. Qui sait s'il n'a pas déjà
surpris une partie du secret de Thomas Roch?...

— C'est juste.

— Et puis, Thomas Roch est habitué à lui, et j'entends ne rien
changer à ses habitudes. »

Cette réponse, le comte d'Artigas l'accompagna d'un sourire assez
significatif pour que le capitaine Spade ne pût se méprendre sur le
rôle réservé au surveillant de Healthful-House.

Le plan de ce double rapt était donc arrêté, et il paraissait avoir
toute chance de réussite. A moins que, pendant les deux heures de
jour qui restaient encore, on ne s'aperçût que la clef manquait à
la porte du parc, que les verrous en avaient été tirés, le capitaine
Spade et ses hommes étaient assurés de pouvoir pénétrer à l'intérieur
du parc de Healthful-House.

Il convient d'observer, d'ailleurs, que, à l'exception de Thomas
Roch, soumis à une surveillance spéciale, les autres pensionnaires de
l'établissement n'étaient l'objet d'aucune mesure de ce genre. Ils

occupaient les pavillons ou les chambres des principaux bâtiments situés dans la partie supérieure du parc. Tout donnait à penser que Thomas Roch et le gardien Gaydon, surpris isolément, mis dans l'impossibilité d'opposer une résistance sérieuse, même d'appeler au secours, seraient victimes de cet enlèvement qu'allait tenter le capitaine Spade au profit du comte d'Artigas.

L'étranger et son compagnon se dirigèrent alors vers une petite anse où les attendait un des canots de l'*Ebba*. La goélette était mouillée à deux encablures, ses voiles serrées dans leurs étuis jaunâtres, ses vergues régulièrement apiquées, ainsi que cela se fait à bord des yachts de plaisance. Aucun pavillon ne se déployait au-dessus du couronnement. En tête du grand mât flottait seulement une légère flamme rouge que la brise de l'est, qui tendait à calmir, déroulait à peine.

Le comte d'Artigas et le capitaine Spade embarquèrent dans le canot. Quatre avirons les eurent en quelques instants conduits à la goélette où ils montèrent par l'échelle latérale.

Le comte d'Artigas regagna aussitôt sa cabine à l'arrière, tandis que le capitaine Spade se rendait à l'avant afin de donner ses derniers ordres.

Arrivé près du gaillard, il se pencha au-dessus des bastingages de tribord et chercha du regard un objet qui surnageait à quelques brasses.

C'était une bouée de petit modèle, tremblotant au clapotis du jusant de la Neuze.

La nuit tombait peu à peu. Vers la rive gauche de la sinueuse rivière, l'indécise silhouette de New-Berne commençait à se fondre. Les maisons se découpaient en noir sur un horizon encore barré d'une longue raie de feu au rebord des nuages de l'ouest. A l'opposé, le ciel s'estompait de quelques vapeurs épaisses. Mais il ne semblait pas que la pluie fût à craindre, et ces vapeurs se maintenaient dans les hautes zones du ciel.

Vers sept heures, les premières lumières de New-Berne scintil-

lèrent aux divers étages des maisons, tandis que les lueurs des bas
quartiers se reflétaient en longs zig-zags, vacillant à peine au-dessous
des rives, car la brise mollissait avec le soir. Les barques de pêche
remontaient doucement en regagnant les criques du port, les unes
cherchant un dernier souffle avec leurs voiles distendues, les autres
mues par leurs avirons dont le coup sec et rythmé se propageait
au loin. Deux steamers passèrent en lançant des jets d'étincelles
par leur double cheminée couronnée de fumée noirâtre, battant les
eaux de leurs puissantes aubes, tandis que le balancier de la machine
s'élevait et s'abaissait au-dessus du spardeck, en hennissant comme
un monstre marin.

A huit heures le comte d'Artigas reparut sur le pont de la goélette,
accompagné d'un personnage, âgé de cinquante ans environ, auquel
il dit :

« Il est temps, Serkö...

— Je vais prévenir Spade, » répondit Serkö.

Le capitaine les rejoignit.

« Prépare-toi à partir, lui dit le comte d'Artigas.

— Nous sommes prêts.

— Fais en sorte que personne n'ait l'éveil à Healthful-House et ne
puisse se douter que Thomas Roch et son gardien ont été conduits
à bord de l'*Ebba*...

— Où on ne les trouverait pas, d'ailleurs, si l'on venait les y chercher, » ajouta Serkö.

Et il haussa les épaules en riant de bonne humeur.

« Néanmoins, mieux vaut ne point exciter les soupçons, » répondit
le comte d'Artigas.

L'embarcation était parée. Le capitaine Spade et cinq hommes y
prirent place. Quatre d'entre eux saisirent les avirons. Le cinquième,
le maître d'équipage Effrondat, qui devait garder le canot, se mit à
la barre près du capitaine Spade.

« Bonne chance, Spade, s'écria Serkö en souriant, et opère sans
bruit, comme un amoureux qui enlève sa belle...

— Oui... à moins que ce Gaydon...

— Il nous faut Roch et Gaydon, dit le comte d'Artigas.

— C'est compris! » répliqua le capitaine Spade.

Le canot déborda, et les matelots le suivirent du regard jusqu'au moment où il disparut au milieu de l'obscurité.

Il convient de noter qu'en attendant son retour, l'*Ebba* ne fit aucun préparatif d'appareillage. Sans doute, elle ne comptait point quitter le mouillage de New-Berne après l'enlèvement. Et, au vrai, comment aurait-elle pu gagner la pleine mer? On ne sentait plus un souffle de brise, et le flot allait se faire sentir avant une demi-heure jusqu'à plusieurs milles en amont de la Neuze. Aussi la goélette ne se mit-elle pas à pic sur son ancre.

Mouillée à deux encablures de la berge, l'*Ebba* aurait pu s'en approcher davantage et trouver encore quinze ou vingt pieds de fond, ce qui eût facilité l'embarquement, lorsque le canot serait revenu l'accoster. Mais si cette manœuvre ne s'était pas effectuée, c'est que le comte d'Artigas avait eu des raisons pour ne point l'ordonner.

La distance fut franchie en quelques minutes, le canot ayant passé sans être aperçu.

La rive était déserte, — désert aussi le chemin qui, sous le couvert des grands hêtres, longeait le parc de Healthful-House.

Le grappin, envoyé sur la berge, fut solidement assujetti. Le capitaine Spade et les quatre matelots débarquèrent, laissant le maître d'équipage à l'arrière, et ils disparurent sous l'obscure voûte des arbres.

Arrivés devant le mur du parc, le capitaine Spade s'arrêta, et ses hommes se rangèrent de chaque côté de la porte.

Après la précaution prise par le capitaine Spade, celui-ci n'avait plus qu'à introduire la clef dans la serrure, puis à repousser la porte, à moins toutefois qu'un des domestiques de l'établissement, remarquant qu'elle n'était pas fermée comme d'habitude, l'eût verrouillée à l'intérieur.

Dans ce cas, l'enlèvement aurait été difficile, même en admettant qu'il fût possible de franchir la crête du mur.

En premier lieu, le capitaine Spade posa son oreille contre le vantail.

Aucun bruit de pas dans le parc, nulle allée et venue autour du pavillon 17. Pas une feuille ne remuait aux branches des hêtres qui abritaient le chemin. Partout ce silence étouffé de la rase campagne par une nuit sans brise.

Le capitaine Spade tira la clef de sa poche et la glissa dans la serrure. Le pène joua et, sous une faible poussée, la porte s'ouvrit du dehors au dedans.

Les choses étaient donc en l'état où les avaient laissées les visiteurs de Healthful-House.

Le capitaine Spade entra dans l'enclos, après s'être assuré que personne ne se trouvait au voisinage du pavillon, et les matelots le suivirent.

La porte fut simplement repoussée contre le chambranle, ce qui permettrait au capitaine et aux matelots de s'élancer d'un pas rapide hors du parc.

En cette partie ombragée de hauts arbres, coupée de massifs, il faisait sombre à ce point qu'il aurait été malaisé de distinguer le pavillon, si une des fenêtres n'eût brillé d'une vive clarté.

Nul doute que cette fenêtre fût celle de la chambre occupée par Thomas Roch et par le gardien Gaydon, puisque celui-ci ne quittait ni de jour ni de nuit le pensionnaire confié à sa surveillance. Aussi le capitaine Spade s'attendait-il à le trouver là.

Ses quatre hommes et lui s'avancèrent prudemment, prenant garde que le bruit d'une pierre heurtée ou d'une branche écrasée révélât leur présence. Ils gagnèrent ainsi du côté du pavillon, de manière à atteindre la porte latérale, près de laquelle la fenêtre s'éclairait à travers les plis de ses rideaux.

Mais, si cette porte était close, comment pénétrerait-on dans la chambre de Thomas Roch? c'est ce qu'avait dû se demander le capitaine Spade. Puisqu'il ne possédait pas une clef qui pût l'ouvrir, ne serait-il pas nécessaire de casser une des vitres de la fenêtre, d'en faire jouer l'espagnolette d'un tour de main, de se précipiter dans la chambre, d'y surprendre Gaydon par une brusque agression, de le mettre hors d'état d'appeler à son secours. Et, en effet, comment procéder d'une autre façon ?...

Néanmoins, ce coup de force présentait certains dangers. Le capitaine Spade s'en rendait parfaitement compte, en homme auquel, d'ordinaire, la ruse allait mieux que la violence. Mais il n'avait pas le choix. L'essentiel, d'ailleurs, c'était d'enlever Thomas Roch, — Gaydon par surcroît, conformément aux intentions du comte d'Artigas, — et il fallait y réussir à tout prix.

Arrivé sous la fenêtre, le capitaine Spade se dressa sur la pointe des pieds, et, par un interstice des rideaux, il put du regard embrasser la chambre.

Gaydon était là, près de Thomas Roch, dont la crise n'avait pas encore pris fin depuis le départ du comte d'Artigas. Cette crise exigeait des soins spéciaux, que le gardien donnait au malade suivant les indications d'un troisième personnage.

C'était un des médecins de Heatlhful-House, que le directeur avait immédiatement envoyé au pavillon 17.

La présence de ce médecin ne pouvait évidemment que compliquer la situation et rendre l'enlèvement plus difficile.

Thomas Roch était étendu sur une chaise longue tout habillé. En ce moment, il paraissait assez calme. La crise, qui s'apaisait peu à peu, allait être suivie de quelques heures de torpeur et d'assoupissement.

A l'instant où le capitaine Spade s'était hissé à la hauteur de la fenêtre, le médecin se préparait à se retirer. En prêtant l'oreille, on put l'entendre affirmer à Gaydon que la nuit se passerait sans autre alerte, et qu'il n'aurait pas à intervenir une seconde fois.

Puis, cela dit, le médecin se dirigea vers la porte, laquelle, on ne l'a point oublié, s'ouvrait près de cette fenêtre devant laquelle attendaient

« Cette porte est fermée... » (Page 25.)

le capitaine Spade et ses hommes. S'ils ne se cachaient pas, s'ils
ne se blottissaient pas derrière les massifs voisins du pavillon, ils
pouvaient être aperçus, non seulement du docteur, mais du gardien
qui se disposait à le reconduire au dehors.

Avant que tous deux eussent apparu sur le perron, le capitaine
Spade fit un signe, et les matelots se dispersèrent, tandis que lui
s'affalait au pied du mur.

La rive était déserte. (Page 29.)

Très heureusement la lampe était restée dans la chambre, et il n'y avait point risque d'être trahis par un jet de lumière.

Au moment de prendre congé de Gaydon, le médecin, s'arrêtant sur la première marche, dit :

« Voilà une des plus rudes attaques que notre malade ait subies!... Il n'en faudrait pas deux ou trois de ce genre pour qu'il perdit le peu de raison qui lui reste !

— Aussi, répondit Gaydon, pourquoi le directeur n'interdit-il pas à tout visiteur l'entrée du pavillon?... C'est à un certain comte d'Artigas, aux choses dont il a parlé à Thomas Roch, que notre pensionnaire doit d'être dans l'état où vous l'avez trouvé.

— J'appellerai là-dessus l'attention du directeur, » répliqua le médecin.

Il descendit alors les degrés du perron, et Gaydon l'accompagna jusqu'au fond de l'allée montante, après avoir laissé la porte du pavillon entr'ouverte.

Dès que tous deux se furent éloignés d'une vingtaine de pas, le capitaine Spade se releva, et les matelots le rejoignirent.

Ne fallait-il pas profiter de cette circonstance que le hasard offrait pour pénétrer dans la chambre, s'emparer de Thomas Roch, alors plongé dans un demi-sommeil, puis attendre que Gaydon fût de retour pour le saisir?...

Mais dès que le gardien aurait constaté la disparition de Thomas Roch, il se mettrait à sa recherche, il appellerait, il donnerait l'éveil... Le médecin accourrait aussitôt... Le personnel de Healthful-House serait sur pied... Le capitaine Spade n'aurait pas le temps de gagner la porte de l'enceinte, de la franchir, de la refermer derrière lui...

Du reste, il n'eut pas le loisir de réfléchir à ce sujet. Un bruit de pas sur le sable indiquait que Gaydon gagnait le pavillon. Le mieux était de se précipiter sur lui, d'étouffer ses cris avant qu'il eût pu donner l'alarme, de le mettre dans l'impossibilité de se défendre. A quatre, à cinq même, on aurait aisément raison de sa résistance, et on l'entrainerait hors du parc. Quant à l'enlèvement de Thomas Roch, il n'offrirait aucune difficulté, puisque ce malheureux dément n'aurait même pas connaissance de ce que l'on ferait de lui.

Cependant Gaydon venait de tourner le massif, et se dirigeait vers le perron. Mais, au moment où il mettait le pied sur la première marche, les quatre matelots s'abattirent sur lui, l'étendirent à terre sans lui avoir laissé la possibilité de pousser un cri, le bâillonnèrent avec un mouchoir, lui appliquèrent un bandeau sur les yeux, lui lièrent les bras et les jambes, et si étroitement qu'il fut réduit à ne plus être qu'un corps inerte.

Deux des hommes restèrent à son côté, tandis que le capitaine Spade et les autres s'introduisaient dans la chambre.

Ainsi que le pensait le capitaine, Thomas Roch se trouvait en un tel état que le bruit ne l'avait même pas tiré de sa torpeur. Étendu sur la chaise longue, les yeux clos, n'eût été sa respiration fortement accentuée, on aurait pu le croire mort. Il ne parut point indispensable de l'attacher ni de le bâillonner. Il suffisait que l'un des deux hommes le saisît par les pieds, l'autre par la tête, et ils le porteraient jusqu'à l'embarcation gardée par le maître d'équipage de la goélette.

C'est ce qui fut fait en un instant.

Le capitaine Spade quitta le dernier la chambre, après avoir eu le soin d'éteindre la lampe et de refermer la porte. De cette façon, il y avait lieu d'admettre que l'enlèvement ne pourrait être découvert avant le lendemain et au plus tôt dans les premières heures de la matinée.

Même manœuvre pour le transport de Gaydon, qui s'effectua sans difficulté. Les deux autres hommes le soulevèrent, et, descendant à travers le jardin en contournant les massifs, gagnèrent vers le mur d'enceinte.

En cette partie du parc, toujours déserte, l'obscurité se faisait plus profonde. On ne voyait même plus, au revers de la colline, les lumières des bâtiments de la partie supérieure du parc et des autres pavillons de Healthful-House.

Arrivé devant la porte, le capitaine Spade n'eut que la peine de la tirer à lui.

Ceux des hommes qui portaient le gardien la franchirent les premiers. Thomas Roch fut sorti le second aux bras des deux autres. Puis, le capitaine Spade passa à son tour, et referma la porte avec cette clef qu'il se proposait de jeter dans les eaux de la Neuze, dès qu'il aurait rejoint l'embarcation de l'*Ebba*.

Personne sur le chemin, personne sur la berge.

En vingt pas, on retrouva le maître d'équipage Effrondat, qui attendait, assis contre le talus.

Thomas Roch et Gaydon furent déposés à l'arrière du canot, dans lequel le capitaine Spade et ses matelots vinrent prendre place.

« Envoie le grappin et vite, » commanda le capitaine Spade au maître d'équipage.

Celui-ci exécuta l'ordre, puis, s'affalant le long de la berge, embarqua le dernier.

Les quatre avirons frappèrent l'eau, et l'embarcation se dirigea vers la goélette. Un feu, en tête du mât de misaine, indiquait son mouillage, et, vingt minutes avant, elle venait d'éviter sur son ancre avec le flot.

Deux minutes après, le canot se trouvait rendu bord à bord avec l'*Ebba*.

Le comte d'Artigas était appuyé sur le bastingage près de l'échelle de coupée.

« C'est fait, Spade?... demanda-t-il.

— C'est fait.

— Tous les deux?...

— Tous les deux... le gardien et le gardé!...

— Personne ne se doute à Healthful-House?...

— Personne. »

Il n'était pas présumable que Gaydon, les oreilles et les yeux sous le bandeau, eût pu reconnaître la voix du comte d'Artigas et du capitaine Spade.

Ce qu'il convient d'observer, au surplus, c'est que ni Thomas Roch ni lui ne furent immédiatement hissés à bord de la goélette. Il y eut des frôlements le long de la coque. Une demi-heure se passa, avant que Gaydon, qui avait conservé tout son sang-froid, se sentît soulevé, puis descendu à fond de cale.

L'enlèvement étant accompli, il semblait que l'*Ebba* n'avait plus qu'à quitter son mouillage, afin de redescendre l'estuaire, à traverser le Pamplico-Sound, à donner en pleine mer. Et, cependant, il ne se fit à bord aucune de ces manœuvres qui accompagnent l'appareillage d'un navire.

N'était-il donc pas dangereux, pourtant, de demeurer à cette place, après le double rapt opéré dans la soirée? Le comte d'Artigas avait-il assez étroitement caché ses prisonniers pour qu'ils ne pussent être découverts, si l'*Ebba*, dont la présence à proximité de Healthful-House devait paraître suspecte, recevait la visite des agents de New-Berne?...

Quoi qu'il en soit, une heure après le retour de l'embarcation, — sauf les hommes de quart étendus à l'avant, — l'équipage dans son poste, le comte d'Artigas, Serkö, le capitaine Spade dans leurs cabines, tous dormaient à bord de la goélette, immobile sur ce tranquille estuaire de la Neuze.

IV

LA GOÉLETTE *EBBA*.

Ce fut le lendemain seulement, et sans y mettre aucun empressement, que l'*Ebba* commença ses préparatifs. De l'extrémité du quai de New-Berne, on put voir, après le lavage du pont, l'équipage dégager les voiles de leurs étuis sous la direction du maître Effrondat, larguer les garcettes, parer les drisses, hisser les embarcations, en vue d'un appareillage.

- A huit heures du matin, le comte d'Artigas ne s'était pas encore montré. Son compagnon, l'ingénieur Serkö, — ainsi le désignait-on à bord, — n'avait pas encore quitté sa cabine. Quant au capitaine Spade, il s'occupait à donner aux matelots divers ordres qui indiquaient un départ immédiat.

L'*Ebba* était un yacht remarquablement taillé pour la course, bien qu'il n'eût jamais figuré dans les matches de l'Amérique du Nord ou du Royaume-Uni. Sa mâture élevée, sa surface de voilure, la croisure de ses vergues, son tirant d'eau qui lui assurait une grande stabilité même lorsqu'il se couvrait de toile, ses formes élancées à l'avant, fines à l'arrière, ses lignes d'eau admirablement dessinées, tout dénotait un navire très rapide, très marin, capable de tenir par les plus gros temps.

En effet, au plus près du vent, par forte brise, la goélette *Ebba* pouvait aisément enlever ses douze milles à l'heure.

Il est vrai, les voiliers sont toujours soumis aux inconstances de l'atmosphère. Lorsque les calmes surviennent, ils doivent se résigner à ne plus faire route. Aussi, bien qu'ils possèdent des qualités nautiques supérieures à celles des steam-yachts, ils n'ont jamais les garanties de marche que la vapeur donne à ces derniers.

Il semble de là que, tout pesé, la supériorité appartient au navire qui réunit les avantages de la voile et de l'hélice. Mais telle n'était pas, sans doute, l'opinion du comte d'Artigas, puisqu'il se contentait d'une goélette pour ses excursions maritimes, même lorsqu'il franchissait les limites de l'Atlantique.

Ce matin-là, le vent soufflait de l'ouest en petite brise. L'*Ebba* serait donc favorisée, d'abord pour sortir de l'estuaire de la Neuze, ensuite pour atteindre, à travers le Pamplico-Sound, un de ces inlets — sortes de détroits — qui établissent la communication entre le lac et la haute mer.

Deux heures après, l'*Ebba* se balançait encore sur son ancre, dont la chaîne commençait à raidir avec la marée descendante. La goélette, évitée de jusant, présentait son avant à l'embouchure de la Neuze. La petite bouée qui, la veille, flottait par bâbord, devait avoir

été relevée pendant la nuit, car on ne l'apercevait plus dans le clapotis du courant.

Soudain, un coup de canon retentit à la distance d'un mille. Une
légère fumée couronna les batteries de la côte. Quelques détonations
lui répondirent, envoyées par les pièces échelonnées sur la chaîne
des longues îles, du côté du large.

A ce moment, le comte d'Artigas et l'ingénieur Serkö parurent sur
le pont.

Le capitaine Spade vint à eux.

« Un coup de canon... dit-il.

— Nous l'attendions, répondit l'ingénieur Serkö, en haussant légèrement l'épaule.

— Cela indique que notre opération a été découverte par les gens
de Healthful-House, reprit le capitaine Spade.

— Assurément, répliqua l'ingénieur Serkö, et ces détonations
signifient l'ordre de fermer les passes.

— En quoi cela peut-il nous intéresser?... dit d'un ton tranquille
le comte d'Artigas.

— En rien, » répondit l'ingénieur Serkö.

Le capitaine Spade avait eu raison de dire qu'à cette heure la
disparition de Thomas Roch et de son gardien était connue du
personnel de Healthful-House.

En effet, au lever du jour, le médecin, qui s'était rendu au pavillon 17 pour sa visite habituelle, avait trouvé la chambre vide.
Aussitôt prévenu, le directeur fit opérer des recherches à l'intérieur
de l'enclos. L'enquête révéla que, si la porte du mur d'enceinte,
dans la partie qui longe la base de la colline, était fermée à clef, la
clef n'était plus sur la serrure, et, en outre, que les verrous avaient
été retirés de leurs gâches.

Aucun doute, c'était par cette porte que l'enlèvement s'était effectué
pendant la soirée ou pendant la nuit. A qui devait-il être attribué?...
A ce propos, impossible d'établir même une simple présomption, ni
de soupçonner qui que ce fût. Ce que l'on savait, c'est que, la veille,

Les quatre matelots s'abattirent sur lui. (Page 34.)

vers sept heures et demie du soir, un des médecins de l'établissement
était venu voir Thomas Roch, en proie à une crise violente. Après
lui avoir donné ses soins, l'ayant laissé dans un état qui lui enlevait
toute conscience de ses actes, il avait quitté le pavillon, accompagné du gardien Gaydon jusqu'au bout de l'allée latérale.

Que s'était-il passé ensuite?... on l'ignorait.

La nouvelle de ce double rapt fut envoyée télégraphiquement à

« Un coup de canon... » dit le capitaine Spade. (Page 39.)

New-Berne, et de là à Raleigh. Par dépêche, le gouverneur de la Caroline du Nord donna aussitôt l'ordre de ne laisser sortir aucun navire du Pamplico-Sound, sans qu'il eût été l'objet d'une visite minutieuse. Une autre dépêche prévint le croiseur de station *Falcon* de se prêter à l'exécution de ces mesures. En même temps, des prescriptions sévères furent prises à l'effet de mettre en surveillance les villes et la campagne de toute la province.

Aussi, en conséquence de cet arrêté, le comte d'Artigas put-il voir, à deux milles dans l'est de l'estuaire, le *Falcon* commencer ses préparatifs d'appareillage. Or, pendant le temps qui lui serait nécessaire pour se mettre en pression, la goélette aurait pu faire route sans crainte d'être poursuivie — du moins durant une heure.

« Faut-il lever l'ancre?... demanda le capitaine Spade.

— Oui, puisque le vent est bon, mais ne marquer aucune hâte, répondit le comte d'Artigas.

— Il est vrai, ajouta l'ingénieur Serkö, les passes du Pamplico-Sound doivent être observées maintenant, et pas un navire ne pourrait, avant de gagner le large, éviter la visite de gentlemen aussi curieux qu'indiscrets...

— Appareillons quand même, ordonna le comte d'Artigas. Lorsque les officiers du croiseur ou les agents de la douane auront perquisitionné à bord de l'*Ebba,* l'embargo sera levé pour elle, et je serais bien étonné si on ne lui accordait pas libre passage...

— Avec mille excuses, mille souhaits de bon voyage et de prompt retour! » répliqua l'ingénieur Serkö, dont la phrase se termina par un rire prolongé.

Lorsque la nouvelle fut connue à New-Berne, les autorités se demandèrent d'abord s'il y avait eu fuite ou enlèvement de Thomas Roch et de son gardien. Comme une fuite n'aurait pu s'opérer sans la connivence de Gaydon, cette idée fut abandonnée. Dans la pensée du directeur et de l'administration, la conduite du gardien Gaydon ne pouvait prêter à aucun soupçon.

Donc, il s'agissait d'un enlèvement, et on peut imaginer quel effet cet événement produisit dans la ville. Quoi! l'inventeur français, si sévèrement gardé, avait disparu, et avec lui le secret de ce Fulgurateur dont personne n'avait encore pu se rendre maître!... Est-ce qu'il n'en résulterait pas de très graves conséquences?... La découverte du nouvel engin n'était-elle pas définitivement perdue pour l'Amérique?... A supposer que le coup eût été fait au profit d'une autre nation, cette nation n'obtiendrait-elle pas enfin de Thomas Roch, tombé en son pouvoir, ce que le gouvernement fédéral n'avait pu obtenir?... Et, de bonne foi, comment admettre que les auteurs du rapt eussent agi pour le compte d'un simple particulier?...

Aussi, les mesures s'étendirent-elles sur les divers comtés de la Caroline du Nord. Une surveillance spéciale fut organisée le long des routes, des rail-roads, autour des habitations des villes et de la campagne. Quant à la mer, elle allait être fermée sur tout le littoral depuis Wilmington jusqu'à Norfolk. Aucun bâtiment ne serait exempté de la visite des officiers ou agents, et il devrait être retenu au moindre indice suspect. Et, non seulement le *Falcon* faisait ses préparatifs d'appareillage, mais quelques steam-launches, en réserve dans les eaux du Pamplico-Sound, se disposaient à le parcourir en tous sens avec injonction de fouiller, jusqu'à fond de cale, navires de commerce, navires de plaisance, barques de pêche, — aussi bien ceux qui demeuraient à leur poste de mouillage que ceux qui s'apprêtaient à prendre le large.

Et, cependant, la goélette *Ebba* se mettait en mesure de lever l'ancre. Au total, il ne paraissait pas que le comte d'Artigas éprouvât le moindre souci des précautions ordonnées par l'administration, ni des éventualités auxquelles il serait exposé, si l'on trouvait à son bord Thomas Roch et le gardien Gaydon.

Vers neuf heures, les dernières manœuvres furent achevées. L'équipage de la goélette vira au cabestan. La chaine remonta à travers l'écubier, et, au moment où l'ancre était à pic, les voiles furent rapidement bordées.

Quelques instants plus tard, sous ses deux focs, sa trinquette, sa misaine, sa grande voile et ses flèches, l'*Ebba* mit le cap à l'est, afin de doubler la rive gauche de la Neuze.

A vingt-cinq kilomètres de New-Berne, l'estuaire se coude brusquement, et, sur une étendue à peu près égale, remonte vers le nord-ouest en s'élargissant. Après avoir passé devant Croatan et Havelock, l'*Ebba* atteignit le coude, et fila dans la direction du nord en serrant le vent le long de la rive gauche. Il était onze heures, lorsque, favorisée par la brise, et n'ayant rencontré ni le croiseur ni les steam-launches, elle évolua à la pointe de l'île de Sivan, au delà de laquelle se développe le Pamplico-Sound.

Cette vaste surface liquide mesure une centaine de kilomètres depuis l'île Sivan jusqu'à l'île Roadoke. Du côté de la mer, s'égrène un chapelet de longues et étroites îles, — autant de digues naturelles, qui courent sud et nord, depuis le cap Look-out jusqu'au cap Hatteras, et depuis ce dernier jusqu'au cap Henri, à la hauteur de la cité de Norfolk, située dans l'état de Virginie, limitrophe de la Caroline du Nord.

Le Pamplico-Sound est éclairé par de multiples feux, disposés sur les îlots et les îles, de manière à rendre possible la navigation pendant la nuit. De là, grande facilité pour les bâtiments, désireux de chercher un refuge contre les houles de l'Atlantique, et qui sont assurés d'y trouver de bons mouillages.

Plusieurs passes établissent la communication entre le Pamplico-Sound et l'Océan Atlantique. Un peu en dehors des feux de l'île Sivan, s'ouvrent l'Ocracoke-inlet, au delà l'Hatteras-inlet, puis, au-dessus, ces trois autres qui portent les noms de Logger-Head, de New-inlet et d'Orégon.

Il résulte de cette disposition que la passe qui se présentait à la goélette étant celle d'Ocracoke, on devait présumer que l'*Ebba* y donnerait, afin de ne pas changer ses amures.

Il est vrai, le *Falcon* surveillait alors cette partie du Pamplico-Sound, visitant les bâtiments de commerce et les barques de pêche qui manœuvraient pour sortir. Et, de fait, à cette heure, par une entente commune des ordres reçus de l'administration, chaque passe était observée par des navires de l'État, sans parler des batteries qui commandaient le large.

Arrivée par le travers d'Ocracoke-inlet, l'*Ebba* ne chercha point à s'en rapprocher non plus qu'à éviter les chaloupes à vapeur qui évoluaient à travers le Pamplico-Sound. Il semblait que ce yacht de plaisance ne voulût faire qu'une promenade matinale, et il continua sa marche indifférente en gagnant vers le détroit d'Hatteras.

C'était par cette passe, sans doute, et pour des raisons de lui connues, que le comte d'Artigas avait l'intention de sortir, car sa goélette, arrivant d'un quart, prit alors cette direction.

Jusqu'à ce moment, l'*Ebba* n'avait point été accostée par les agents des douanes, ni par les officiers du croiseur, bien qu'elle n'eût rien fait pour se dérober. D'ailleurs, comment serait-elle parvenue à tromper leur surveillance?

L'autorité, par privilège spécial, consentait-elle donc à lui épargner les ennuis d'une visite?... Estimait-on ce comte d'Artigas un trop haut personnage pour contrarier sa navigation, ne fût-ce qu'une heure?... C'eût été invraisemblable, puisque, tout en le tenant pour un étranger, menant la grande existence des favorisés de la fortune, personne ne savait, en somme, ni qui il était, ni d'où il venait, ni où il allait.

La goélette poursuivit ainsi sa route d'une allure gracieuse et rapide sur les eaux calmes du Pamplico-Sound. Son pavillon, — un croissant d'or frappé à l'angle d'une étamine rouge, — flottant à sa corne, se déployait largement sous la brise...

Le comte d'Artigas était assis, à l'arrière, dans un de ces fauteuils d'osier, en usage à bord des bâtiments de plaisance. L'ingénieur Serkö et le capitaine Spade causaient avec lui.

« Ils ne se pressent pas de nous honorer de leur coup de chapeau, messieurs les officiers de la marine fédérale, fit observer l'ingénieur Serkö.

— Qu'ils viennent à bord quand ils le voudront, répondit le comte d'Artigas du ton de la plus complète indifférence.

— Sans doute, ils attendent l'*Ebba* à l'entrée de l'inlet d'Hatteras, observa le capitaine Spade.

— Qu'ils l'attendent, » conclut le riche yachtman.

Et il retomba dans cette flegmatique insouciance qui lui était habituelle.

On devait croire, d'ailleurs, que l'hypothèse du capitaine Spade se réaliserait, car il était visible que l'*Ebba* se dirigeait vers l'inlet indiqué. Si le *Falcon* ne se déplaçait pas encore pour venir la « raisonner », il le ferait certainement lorsqu'elle se présenterait à l'entrée de la passe. En cet endroit, il lui serait impossible de se refuser à la visite prescrite, si elle voulait sortir du Pamplico-Sound pour atteindre la pleine mer.

Et il ne paraissait point, au surplus, qu'elle voulût l'éviter en aucune façon. Est-ce donc que Thomas Roch et Gaydon étaient si bien cachés à bord que les agents de l'État ne pourraient les découvrir?...

Cette supposition était permise, mais peut-être le comte d'Artigas eût-il montré moins de confiance s'il eût su que l'*Ebba* avait été signalée d'une façon toute spéciale au croiseur et aux chaloupes de douane.

En effet, la venue de l'étranger à Healthful-House n'avait fait qu'attirer l'attention sur lui. Évidemment, le directeur ne pouvait avoir eu aucun motif de suspecter les mobiles de sa visite. Cependant, quelques heures seulement après son départ, le pensionnaire et son surveillant avaient été enlevés, et, depuis, personne n'avait été reçu au pavillon 17, personne ne s'était mis en rapport avec Thomas Roch. Aussi, les soupçons éveillés, l'administration se demanda-t-elle s'il ne fallait pas voir la main de ce personnage dans cette affaire. Une fois la disposition des lieux observée, les abords du pavillon reconnus, le compagnon du comte d'Artigas n'avait-il pu repousser les verrous de la porte, en retirer la clef, revenir à la nuit tombante, se glisser à l'intérieur du parc, procéder à cet enlèvement dans des conditions relativement faciles, puisque la goélette *Ebba* n'était mouillée qu'à deux ou trois encablures de l'enceinte?...

Or, ces suspicions, que ni le directeur ni le personnel de l'établissement n'avaient éprouvées au début de l'enquête, grandirent, lorsqu'on vit la goélette lever l'ancre, descendre l'estuaire de la Neuze, et manœuvrer de façon à gagner l'une des passes du Pamplico-Sound.

Ce fut donc par ordre des autorités de New-Berne que le croiseur *Falcon* et les embarcations à vapeur de la douane furent chargées de suivre la goélette *Ebba*, de l'arrêter avant qu'elle eût franchi l'un des inlets, de la soumettre aux fouilles les plus sévères, de ne laisser inexplorée aucune partie de ses cabines, de ses roufles, de ses postes, de sa cale. On ne lui accorderait pas la libre pratique sans que la certitude fût acquise que Thomas Roch et Gaydon n'étaient point à bord.

Assurément, le comte d'Artigas ne pouvait se douter que des soupçons particuliers se portaient sur lui, que son yacht était spécialement signalé aux officiers et aux agents. Mais, quand même il l'eût su, est-ce que cet homme de si superbe dédain, de si hautaine allure, eût daigné en prendre le moindre souci?...

Vers trois heures de l'après-midi, la goélette, qui croisait à moins d'un mille d'Hatteras-inlet, évolua de manière à conserver le milieu de la passe.

Après avoir visité quelques barques de pêche qui faisaient route vers le large, le *Falcon* attendait à l'entrée de l'inlet. Selon toute probabilité, l'*Ebba* n'avait pas la prétention de sortir inaperçue, ni de forcer de voile pour se soustraire aux formalités qui concernaient tous les navires du Pamplico-Sound. Ce n'était pas un simple voilier qui aurait pu échapper à la poursuite d'un bâtiment de guerre, et si la goélette n'obéissait pas à l'injonction de mettre en panne, un ou deux projectiles l'y eussent bientôt contrainte.

En ce moment, une embarcation, portant deux officiers et une dizaine de matelots, se détacha du croiseur; puis, ses avirons bordés, elle fila de façon à couper la route de l'*Ebba*.

Le comte d'Artigas, de la place qu'il occupait à l'arrière, regarda insoucieusement cette manœuvre, après avoir allumé un cigare de pur havane.

Lorsque l'embarcation ne fut plus qu'à une demi-encablure, un des hommes se leva et agita un pavillon.

« Signal d'arrêt, dit l'ingénieur Serkö.

— En effet, répondit le comte d'Artigas.

— Ordre d'attendre...

— Attendons. »

Le capitaine Spade prit aussitôt ses dispositions pour mettre en panne. La trinquette, les focs et la grande voile furent traversés, tandis que le point de la misaine était relevé, la barre dessous.

L'erre de la goélette se cassa, et ne tarda pas à s'immobiliser, ne subissant plus que l'action de la mer descendante, qui dérivait vers la passe.

Quelques coups d'aviron amenèrent l'embarcation du *Falcon* bord à bord avec l'*Ebba*. Une gaffe la crocha aux porte-haubans du grand mât. L'échelle fut déroulée à la coupée, et les deux officiers, suivis de huit hommes, montèrent sur le pont, deux matelots restant à la garde du canot.

L'équipage de la goélette se rangea sur une ligne près du gaillard d'avant.

L'officier supérieur en grade, — un lieutenant de vaisseau, — s'avança vers le propriétaire de l'*Ebba*, qui venait de se lever, et voici quelles demandes et réponses furent échangées entre eux :

« Cette goélette appartient au comte d'Artigas devant qui j'ai l'honneur de me trouver?...

— Oui, monsieur.

— Elle se nomme?

— *Ebba*.

— Et elle est commandée?...

— Par le capitaine Spade.

— Sa nationalité?...

— Indo-malaise. »

L'officier regarda le pavillon de la goélette, tandis que le comte d'Artigas ajoutait :

« Puis-je savoir pour quel motif, monsieur, j'ai le plaisir de vous voir à mon bord?

— Ordre a été donné, répondit l'officier, de visiter tous les navires

UNE GAFFE CROCHA L'EMBARCATION AUX PORTE-HAUBANS. (Page 48.)

qui sont mouillés en ce moment dans le Pamplico-Sound ou qui veulent en sortir. »

Il ne crut pas devoir insister sur ce point que, plus que tout autre bâtiment, l'*Ebba* devait être soumise aux ennuis d'une rigoureuse perquisition.

« Vous n'avez sans doute pas, monsieur le comte, l'intention de vous refuser...

— Nullement, monsieur, répondit le comte d'Artigas. Ma goélette est à votre disposition depuis la pomme de ses mâts jusqu'au fond de sa cale. Je vous demanderai seulement pourquoi les navires qui se trouvent aujourd'hui à l'intérieur du Pamplico-Sound sont astreints à ces formalités?...

— Je ne vois aucune raison de vous laisser dans l'ignorance, monsieur le comte, répondit l'officier. Un enlèvement, effectué à Healthful-House, vient d'être signalé au gouverneur de la Caroline, et l'administration veut s'assurer que ceux qui en furent l'objet n'ont pas été embarqués pendant la nuit...

— Est-ce possible?... dit le comte d'Artigas, en jouant la surprise. Et quelles sont les personnes qui ont ainsi disparu de Healthful-House?...

— Un inventeur, un fou, qui a été victime de cet attentat ainsi que son gardien...

— Un fou, monsieur!... S'agirait-il, par hasard, du Français Thomas Roch?...

— De lui-même.

— Ce Thomas Roch que j'ai vu hier pendant une visite à l'établissement... que j'ai questionné en présence du directeur... qui a été pris d'une violente crise au moment où nous l'avons quitté, le capitaine Spade et moi?...»

L'officier observait l'étranger avec une extrême attention, cherchant à surprendre quelque chose de suspect dans son attitude ou dans ses paroles.

« Cela n'est pas croyable! » ajouta le comte d'Artigas.

7

Et il dit cela, comme s'il venait d'entendre parler pour la première fois du rapt de Healthful-House.

« Monsieur, reprit-il, je comprends ce que doivent être les inquiétudes de l'administration, étant donnée la personnalité de ce Thomas Roch, et j'approuve les mesures qni ont été décidées. Inutile de vous affirmer que ni l'inventeur français ni son surveillant ne sont à bord de l'*Ebba*. Du reste, vous pouvez vous en assurer en visitant la goélette aussi minutieusement qu'il vous conviendra. — Capitaine Spade, veuillez accompagner ces messieurs. »

Cette réponse faite, après avoir salué froidement le licutenant du *Falcon*, le comte d'Artigas revint s'asseoir dans son fauteuil et replaça le cigare entre ses lèvres.

Les deux officiers et les huit matelots, conduits par le capitaine Spade, commencèrent aussitôt leurs perquisitions.

En premier lieu, par le capot du roufle, ils descendirent au salon d'arrière, — salon luxueusement aménagé, meublé, panneaux en bois précieux, objets d'art de haute valeur, tapis et tentures d'étoffes de grand prix.

Il va sans dire que ce salon, les cabines y attenant, la chambre du comte d'Artigas, furent fouillés avec le soin qu'auraient été capables d'y apporter les agents les plus expérimentés de la police. Le capitaine Spade se prêtait d'ailleurs à ces recherches, ne voulant pas que les officiers pussent conserver le moindre soupçon à l'égard du propriétaire de l'*Ebba*.

Après le salon et les chambres de l'arrière, on passa dans la salle à manger, richement ornée. On fouilla les offices, la cuisine, et, sur l'avant, les cabines du capitaine Spade et du maître d'équipage, puis le poste des hommes, sans que ni Thomas Roch ni Gaydon eussent été découverts.

Restait alors la cale et ses divers aménagements, qui exigeaient une très précise perquisition. Aussi, lorsque les panneaux furent relevés, le capitaine Spade dut-il faire allumer deux fanaux afin de faciliter la visite.

Cette cale ne contenait que des caisses à eau, des provisions de toutes sortes, des barriques de vin, des pipes d'alcool, des fûts de gin, de brandevin et de wisky, des tonneaux de bière, un stock de charbon, le tout en abondance, comme si la goélette eût été pourvue pour un long voyage. Entre les vides de cette cargaison, les matelots américains se glissèrent jusqu'au vaigrage intérieur, jusqu'à la carlingue, s'introduisant dans les interstices des ballots et des sacs... Ils en furent pour leur peine.

Évidemment, c'était à tort que le comte d'Artigas avait pu être soupçonné d'avoir pris part à l'enlèvement du pensionnaire de Healthful-House et de son gardien.

Cette perquisition, qui dura deux heures environ, se termina sans avoir donné aucun résultat.

A cinq heures et demie, les officiers et les hommes du *Falcon* remontèrent sur le pont de la goélette, après avoir consciencieusement opéré à l'intérieur et acquis l'absolue certitude que ni Thomas Roch ni Gaydon ne s'y trouvaient. A l'extérieur, ils visitèrent inutilement le gaillard d'avant et les embarcations. Leur conviction fut donc que l'*Ebba* avait été suspectée par erreur.

Les deux officiers n'avaient plus alors qu'à prendre congé du comte d'Artigas, et ils s'avancèrent vers lui.

« Vous nous excuserez de vous avoir dérangé, monsieur le comte, dit le lieutenant.

— Vous ne pouviez qu'obéir aux ordres dont l'exécution vous était confiée, messieurs...

— Ce n'était d'ailleurs qu'une simple formalité, » crut devoir ajouter l'officier.

Le comte d'Artigas, par un léger mouvement de tête, indiqua qu'il voulait bien admettre cette réponse.

« Je vous avais affirmé, messieurs, que je n'étais pour rien dans cet enlèvement...

— Nous n'en doutons plus, monsieur le comte, et il ne nous reste qu'à rejoindre notre bord.

— Comme il vous plaira. — La goélette *Ebba* a-t-elle maintenant libre passage?...

— Assurément.

— Au revoir, messieurs, au revoir, car je suis un habitué de ce littoral, et je ne tarderai pas à y revenir. J'espère qu'à mon retour, vous aurez découvert l'auteur de ce rapt et réintégré Thomas Roch à Healthful-House. Ce résultat est à désirer dans l'intérêt des États-Unis, et j'ajouterai dans l'intérêt de l'humanité. »

Ces paroles prononcées, les deux officiers saluèrent courtoisement le comte d'Artigas, qui répondit par un léger mouvement de tête.

Le capitaine Spade les accompagna jusqu'à la coupée, et, suivis de leurs matelots, ils rallièrent le croiseur, qui les attendait à deux encablures.

Sur un signe du comte d'Artigas, le capitaine Spade commanda de rétablir la voilure, telle qu'elle était avant que la goélette eût mis en panne. La brise avait fraîchi, et, d'une rapide allure, l'*Ebba* se dirigea vers l'inlet d'Hatteras.

Une demi-heure après, la passe franchie, le yacht naviguait en pleine mer.

Pendant une heure, le cap fut maintenu vers l'est-nord-est. Mais, ainsi que cela se produit d'habitude, la brise, qui venait de terre, ne se faisait plus sentir à quelques milles du littoral. L'*Ebba*, encalminée, les voiles battant sur les mâts, l'action du gouvernail nulle, demeura stationnaire à la surface d'une mer que ne troublait pas le moindre souffle.

Il semblait, dès lors, que la goélette serait dans l'impossibilité de continuer sa route de toute la nuit.

Le capitaine Spade était resté en observation à l'avant. Depuis la sortie de l'inlet, son regard ne cessait de se porter tantôt à bâbord, tantôt à tribord, comme s'il eût essayé d'apercevoir quelque objet flottant dans ces parages.

En ce moment, il cria d'une voix forte :

« A carguer tout! »

En exécution de cet ordre, les matelots s'empressèrent de larguer les drisses, et les voiles abattues furent serrées sur les vergues, sans que l'on prît soin de les recouvrir de leurs étuis.

L'intention du comte d'Artigas était-elle d'attendre le retour de l'aube à cette place, en même temps que la brise du matin? Mais il est rare que l'on ne demeure pas sous voiles afin d'utiliser les premiers souffles favorables.

Le canot fut mis à la mer, et le capitaine Spade y descendit accompagné d'un matelot qui le dirigea à la godille vers un objet surnageant à une dizaine de toises de bâbord.

Cet objet était une petite bouée semblable à celle qui flottait sur les eaux de la Neuze, alors que l'*Ebba* stationnait près de la berge de Healthful-House.

Dès que cette bouée eut été relevée ainsi qu'une amarre qui y était fixée, le canot la transporta sur l'avant de la goélette.

Au commandement du maître d'équipage, une remorque, envoyée du bord, fut rattachée à la première amarre. Puis le capitaine Spade et le matelot remontèrent sur le pont de la goélette, aux porte-manteaux de laquelle on hissa le canot.

Presque aussitôt la remorque se tendit, et l'*Ebba*, à sec de toile, prit direction vers l'est avec une vitesse qui ne pouvait être inférieure à une dizaine de milles.

La nuit était close, et les feux du littoral américain eurent bientôt disparu dans les brumes de l'horizon.

V

OU SUIS-JE?

(NOTES DE L'INGÉNIEUR SIMON HART.)

Où suis-je?... Que s'est-il passé depuis cette agression soudaine, dont j'ai été victime à quelques pas du pavillon?...

Je venais de quitter le docteur, j'allais gravir les marches du perron, rentrer dans la chambre, en fermer la porte, reprendre mon poste près de Thomas Roch, lorsque plusieurs hommes m'ont assailli et terrassé?... Qui sont-ils?... Je n'ai pu les reconnaître, ayant les yeux bandés... Je n'ai pu appeler au secours, ayant un bâillon sur la bouche... Je n'ai pu résister, car ils m'avaient lié bras et jambes... Puis, en cet état, j'ai senti qu'on me soulevait, que l'on me transportait l'espace d'une centaine de pas... que l'on me hissait... que l'on me descendait... que l'on me déposait...

Où?... où?...

Et Thomas Roch, qu'est-il devenu?... Est-ce à lui qu'on en voulait plutôt qu'à moi?... Hypothèse infiniment probable. Pour tous, je n'étais que le gardien Gaydon, non l'ingénieur Simon Hart, dont la véritable qualité, la véritable nationalité n'ont jamais donné prise au soupçon, et pourquoi aurait-on tenu à s'emparer d'un simple surveillant d'hospice?...

Il y a donc eu enlèvement de l'inventeur français, cela ne fait pas doute... Si on l'a arraché de Healthful-House, n'est-ce pas avec l'espérance de lui tirer ses secrets?...

Mais je raisonne dans la supposition que Thomas Roch a disparu avec moi... Cela est-il?... Oui... cela doit être... cela est... Je ne puis hésiter à cet égard... Je ne suis pas entre les mains de malfaiteurs qui n'auraient eu que le projet de voler... Ils n'eussent pas agi de la sorte... Après m'avoir mis dans l'impossibilité d'appeler, après m'avoir jeté dans un coin du jardin au milieu d'un massif... après avoir enlevé Thomas Roch, ils ne m'auraient pas renfermé... où je suis maintenant...

Où?... C'est l'invariable question que, depuis quelques heures, je ne parviens pas à résoudre.

Quoiqu'il en soit, me voici lancé dans une extraordinaire aventure, qui se terminera... De quelle façon, je l'ignore... je n'ose même en prévoir le dénouement. En tous cas, mon intention est d'en fixer, minute par minute, les moindres circonstances dans ma mémoire, puis, si cela est possible, de consigner par écrit mes impressions quotidiennes... Qui sait ce que me réserve l'avenir, et pourquoi ne finirais-je pas, dans les nouvelles conditions où je me trouve, par découvrir le secret du Fulgurateur Roch?... Si je dois être délivré un jour, il faut qu'on le connaisse, ce secret, et que l'on sache aussi quel est l'auteur ou quels sont les auteurs de ce criminel attentat dont les conséquences peuvent être si graves!

J'en reviens sans cesse à cette question, espérant qu'un incident se chargera d'y répondre :

Où suis-je?...

Reprenons les choses dès le début.

Après avoir été transporté à bras hors de Healthful-House, j'ai senti que l'on me déposait, sans brutalité d'ailleurs, sur les bancs d'une embarcation qui a donné la bande, — un canot sans doute, et de petite dimension...

A ce premier balancement en a succédé presque aussitôt un autre, — ce que j'attribue à l'embarquement d'une seconde personne. Dès lors puis-je douter qu'il s'agit de Thomas Roch?... Lui, on n'aura pas eu à prendre la précaution de le bâillonner, de lui voiler les yeux, de lui attacher les pieds et les mains. Il devait encore être dans un état de prostration qui lui interdisait toute résistance, toute conscience de l'acte attentatoire dont il était l'objet. La preuve que je ne me trompe pas, c'est qu'une odeur caractéristique d'éther s'est introduite sous mon bâillon. Or, hier, avant de nous quitter, le docteur avait administré quelques gouttes d'éther au malade, et, — je me le rappelle, — un peu de cette substance, si prompte à se volatiliser, était tombée sur ses vêtements, alors qu'il se débattait au paroxysme de sa crise. Donc, rien d'étonnant à ce que cette odeur eût persisté, ni que mon odorat en ait été affecté sensiblement. Oui... Thomas Roch était là, dans ce canot, étendu près de moi... Et si j'eusse tardé de quelques minutes à regagner le pavillon, je ne l'y aurais pas retrouvé...

J'y songe... pourquoi faut-il que ce comte d'Artigas ait eu la malencontreuse fantaisie de visiter Healthful-House? Si mon pensionnaire n'avait pas été mis en sa présence, rien de tout cela no serait arrivé. De lui avoir parlé de ses inventions a déterminé chez Thomas Roch cette crise d'une exceptionnelle violence. Le premier reproche revient au directeur, qui n'a pas tenu compte de mes avertissements... S'il m'eût écouté, le médecin n'aurait pas été appelé à donner ses soins à mon pensionnaire, la porte du pavillon aurait été close, et le coup eût manqué...

Quant à l'intérêt que peut présenter l'enlèvement de Thomas Roch, soit au profit d'un particulier, soit au profit de l'un ces États de l'ancien continent, inutile d'insister à ce sujet. Là-dessus, ce me semble, je dois être pleinement rassuré. Personne ne pourra réussir là où j'ai échoué depuis quinze mois. Au degré d'affaissement intellectuel où mon compatriote est réduit, toute tentative pour lui arracher son secret sera sans résultat. Au vrai, son état ne peut plus qu'empirer, sa folie devenir absolue, même sur les points où sa raison est restée intacte jusqu'à ce jour.

Somme toute, il ne s'agit pas de Thomas Roch en ce moment, il s'agit de moi, et voici ce que je constate.

A la suite de quelques balancements assez vifs, le canot s'est mis en mouvement sous la poussée des avirons. Le trajet n'a duré qu'une

Cet objet était une petite bouée. (Page 53.)

minute à peine. Un léger choc s'est produit. A coup sûr, l'embarcation, après avoir heurté une coque de navire, s'est rangée contre.
Il s'est fait une certaine agitation bruyante. On parlait, on commandait, on manœuvrait... Sous mon bandeau, sans rien comprendre,
j'ai perçu un murmure confus de voix, qui a continué pendant cinq
à six minutes...

La seule pensée qui ait pu me venir à l'esprit, c'est qu'on allait me

8

transborder du canot sur le bâtiment auquel il appartient, m'enfermer à fond de cale jusqu'au moment où ledit bâtiment serait en pleine mer. Tant qu'il naviguera sur les eaux du Pamplico-Sound, il est évident qu'on ne laissera ni Thomas Roch ni son gardien paraître sur le pont...

En effet, toujours bâillonné, on m'a saisi par les jambes et les épaules. Mon impression a été, non point que des bras me soulevaient au-dessus du bastingage d'un bâtiment, mais qu'ils m'affalaient au contraire... Était-ce pour me lâcher... me précipiter à l'eau, afin de se débarrasser d'un témoin gênant?... Cette idée m'a traversé un instant l'esprit, un frisson d'angoisse m'a couru de la tête aux pieds... Instinctivement, j'ai pris une large respiration, et ma poitrine s'est gonflée de cet air qui ne tarderait peut-être pas à lui manquer...

Non! on m'a descendu avec de certaines précautions sur un plancher solide, qui m'a donné la sensation d'une froideur métallique. J'étais couché en long. A mon extrême surprise, les liens qui m'entravaient avaient été relâchés. Les piétinements ont cessé autour de moi. Un instant après, j'ai entendu le bruit sonore d'une porte qui se refermait...

Me voici... Où?... Et d'abord, suis-je seul?... J'arrache le bâillon de ma bouche et le bandeau de mes yeux...

Tout est noir, profondément noir. Pas le plus mince rayon de clarté, pas même cette vague perception de lumière que conserve la prunelle dans les chambres closes hermétiquement...

J'appelle.. j'appelle à plusieurs reprises... Aucune réponse. Ma voix est étouffée, comme si elle traversait un milieu impropre à transmettre des sons.

En outre, l'air que je respire est chaud, lourd, épaissi, et le jeu de mes poumons va devenir difficile, impossible, si cet air n'est pas renouvelé...

Alors, en étendant les bras, voici ce qu'il m'est permis de reconnaître au toucher :

J'occupe un compartiment à parois de tôle, qui ne mesure pas plus de trois à quatre mètres cubes. Lorsque je promène ma main sur ces tôles, je constate qu'elles sont boulonnées comme les cloisons étanches d'un navire.

En fait d'ouverture, il me semble que sur l'une des parois se dessine le cadre d'une porte, dont les charnières excèdent la cloison de quelques centimètres. Cette porte doit s'ouvrir du dehors en dedans, et c'est par là sans doute que l'on m'a introduit à l'intérieur de cet étroit compartiment.

Mon oreille collée contre la porte, je n'entends aucun bruit. Le silence est aussi absolu que l'obscurité, — silence bizarre, troublé seulement, lorsque je remue, par la sonorité du plancher métallique. Rien de ces rumeurs sourdes qui règnent d'habitude à bord des navires, ni le vague frôlement du courant le long de sa coque, ni le clapotis de la mer qui lèche sa carène. Rien non plus de ce bercement qui eût dû se produire, car, dans l'estuaire de la Neuze, la marée détermine toujours un mouvement ondulatoire très sensible.

Mais, en réalité, ce compartiment où je suis emprisonné appartient-il à un navire ?... Puis-je affirmer qu'il flotte à la surface des eaux de la Neuze, bien que j'aie été transporté par une embarcation dont le trajet n'a duré qu'une minute ?... En effet, pourquoi ce canot, au lieu de rejoindre un bâtiment quelconque qui l'attendait au pied de Healthful-House, n'aurait-il point rallié un autre point de la rive ?... Et, dans ce cas, ne serait-il pas possible que j'eusse été déposé à terre, au fond d'une cave ?... Cela expliquerait cette immobilité complète du compartiment. Il est vrai, il y a ces cloisons métalliques, ces tôles boulonnées, et aussi cette vague émanation saline répandue autour de moi — cette odeur *sui generis*, dont l'air est généralement imprégné à l'intérieur des navires, et sur la nature de laquelle je ne puis me tromper...

Un intervalle de temps que j'estime à quatre heures s'est écoulé depuis mon incarcération. Il doit donc être près de minuit. Vais-je rester ainsi jusqu'au matin ?... Il est heureux que j'aie dîné à six heures,

suivant les règlements de Healthful-House. Je ne souffre pas de la
faim, et je suis plutôt pris d'une forte envie de dormir. Cependant,
j'aurai, je l'espère, l'énergie de résister au sommeil... Je ne me laisserai pas y succomber... Il faut me ressaisir à quelque chose du dehors...
A quoi?... Ni son ni lumière ne pénètrent dans cette boîte de tôle...
Attendons!... Peut-être, si faible qu'il soit, un bruit arrivera-t-il à mon
oreille?... Aussi est-ce dans le sens de l'ouïe que se concentre toute
ma puissance vitale... Et puis, je guette toujours, — en cas que je ne
serais pas sur la terre ferme, — un mouvement, une oscillation, qui
finira par se faire sentir... En admettant que le bâtiment soit encore
mouillé sur ses ancres, il ne peut tarder à appareiller... ou... alors...
je ne comprendrais plus pourquoi on nous aurait enlevés, Thomas
Roch et moi...

Enfin... ce n'est point une illusion... Un léger roulis me berce...
et me donne la certitude que je ne suis point à terre... bien qu'il soit
peu sensible, sans choc, sans à-coups... C'est plutôt une sorte de
glissement à la surface des eaux...

Réfléchissons avec sang-froid. Je suis à bord d'un des navires
mouillés à l'embouchure de la Neuze, et qui attendait sous voile ou
sous vapeur le résultat de l'enlèvement. Le canot m'y a transporté;
mais, je le répète, je n'ai point eu la sensation qu'on me hissait par-
dessus des bastingages... Ai-je donc été glissé à travers un sabord
percé dans la coque?... Peu importe, après tout! Que l'on m'ait ou
non descendu à fond de cale, je suis sur un appareil flottant et
mouvant...

Sans doute, la liberté me sera bientôt rendue, ainsi qu'à Thomas
Roch, — en admettant qu'on l'ait enfermé avec autant de soin que
moi. Par liberté, j'entends la faculté d'aller à ma convenance sur le
pont de ce bâtiment. Toutefois, ce ne sera pas avant quelques heures,
car il ne faut pas que nous puissions être aperçus. Donc, nous ne
respirerons l'air du dehors qu'à l'heure où le bâtiment aura gagné la
pleine mer. Si c'est un navire à voiles, il aura dû attendre que la
brise s'établisse, — cette brise qui vient de terre au lever du jour et

favorise la navigation sur le Pamplico-Sound. Il est vrai, si c'est un bateau à vapeur...

Non !... A bord d'un steamer se propagent inévitablement des exhalaisons de houille, de graisses, des odeurs échappées des chambres de chauffe qui seraient arrivées jusqu'à moi... Et puis, les mouvements de l'hélice ou des aubes, les trépidations des machines, les à-coups des pistons, je les eusse ressentis...

En somme, le mieux est de patienter. Demain seulement, je serai extrait de ce trou. D'ailleurs, si l'on ne me rend pas la liberté, on m'apportera quelque nourriture. Quelle apparence y a-t-il que l'on veuille me laisser mourir de faim ?... Il eût été plus expéditif de m'envoyer au fond de la rivière et de ne point m'embarquer... Une fois au large, qu'y a-t-il à craindre de moi ?... Ma voix ne pourra plus se faire entendre... Quant à mes réclamations, inutiles, à mes récriminations, plus inutiles encore !

Et puis, que suis-je pour les auteurs de cet attentat ?... Un simple surveillant d'hospice, un Gaydon sans importance... C'est Thomas Roch qu'il s'agissait d'enlever de Healthful-House... Moi... je n'ai été pris que par surcroît... parce que je suis revenu au pavillon à cet instant...

Dans tous les cas, quoi qu'il arrive, quels que soient les gens qui ont conduit cette affaire, en quelque lieu qu'ils m'emmènent, je m'en tiens à cette résolution : continuer à jouer mon rôle de gardien. Personne, non ! personne ne soupçonnera que, sous l'habit de Gaydon, se cache l'ingénieur Simon Hart. A cela, deux avantages : d'abord, on ne se défiera pas d'un pauvre diable de surveillant, et, en second lieu, peut-être pourrai-je pénétrer les mystères de cette machination et les mettre à profit, si je parviens à m'enfuir...

Où ma pensée s'égare-t-elle ?... Avant de prendre la fuite, attendons d'être arrivé à destination. Il sera temps de songer à s'évader, si quelque occasion se présente... Jusque-là, l'essentiel est qu'on ne sache pas qui je suis, et on ne le saura pas.

Maintenant, certitude complète à cet égard, nous sommes en cours

de navigation. Toutefois, je reviens sur ma première idée. Non!...
le navire qui nous emporte, s'il n'est pas un steamer, ne doit pas
être non plus un voilier. Il est incontestablement poussé par un
puissant engin de locomotion. Que je n'entende point ces bruits spéciaux des machines à vapeur, quand elles actionnent des hélices ou
des roues, d'accord, que ce navire ne soit pas ébranlé sous le va-et-
vient des pistons dans les cylindres, je suis forcé de l'admettre. C'est
plutôt qu'un mouvement continu et régulier, une sorte de rotation
directe qui se communique au propulseur, quel qu'il puisse être.
Aucune erreur n'est possible : le bâtiment est mû par un mécanisme particulier... Lequel?...

S'agirait-il d'une de ces turbines dont on a parlé depuis quelque
temps, et qui, manœuvrées à l'intérieur d'un tube immergé, sont destinées à remplacer les hélices, utilisant mieux qu'elles la résistance
de l'eau et imprimant une vitesse plus considérable?...

Encore quelques heures, et je saurai à quoi m'en tenir sur ce genre
de navigation, qui semble s'opérer dans un milieu parfaitement ho-
mogène.

D'ailleurs, — effet non moins extraordinaire, — les mouvements de
roulis et de tangage ne sont aucunement sensibles. Or, comment se
fait-il que le Pamplico-Sound soit dans un tel état de tranquillité?...
Rien que les courants de mer montante et descendante suffisent
d'ordinaire à troubler sa surface.

Il est vrai, peut-être le flot est-il étale à cette heure, et, je m'en
souviens, la brise de terre était tombée hier avec le soir. N'importe!
Cela me paraît inexplicable, car un bâtiment, mû par un propulseur,
quelle que soit sa vitesse, éprouve toujours des oscillations dont je
ne puis saisir le plus léger indice.

Voilà de quelles pensées obsédantes ma tête est maintenant rem-
plie! Malgré une pressante envie de dormir, malgré la torpeur qui
m'envahit au milieu de cette atmosphère étouffante, j'ai résolu de
ne point m'abandonner au sommeil. Je veillerai jusqu'au jour, et encore ne fera-t-il jour pour moi qu'au moment où ce compartiment

recevra la lumière extérieure. Et, peut-être ne suffira-t-il pas que
la porte s'ouvre, et faudra-t-il qu'on me sorte de ce trou, qu'on me
ramène sur le pont...

Je m'accote à l'un des angles des cloisons, car je n'ai pas même un
banc pour m'asseoir. Mais, comme mes paupières sont alourdies,
comme je me sens en proie à une sorte de somnolence, je me relève. La
colère me prend, je frappe les parois du poing, j'appelle... En vain
mes mains se meurtrissent contre les boulons des tôles, et mes cris
ne font venir personne.

Oui!... cela est indigne de moi. Je me suis promis de me modérer,
et voilà que, dès le début, je perds la possession de moi-même, et
me conduis en enfant...

Il est de toute certitude que l'absence de tangage et de roulis
prouve au moins que le navire n'a pas encore atteint la pleine mer.
Est-ce que, au lieu de traverser le Pamplico-Sound, il aurait remonté
le cours de la Neuze?... Non! Pourquoi s'enfoncerait-il au milieu des
territoires du comté?... Si Thomas Roch a été enlevé de Healthful-
House, c'est que ses ravisseurs avaient l'intention de l'entraîner hors
des États-Unis, — probablement dans une île lointaine de l'Atlantique, ou sur un point quelconque de l'ancien continent. Donc, ce
n'est pas la Neuze, de cours peu étendu, que remonte notre appareil
marin... Nous sommes sur les eaux du Pamplico-Sound, qui doit
être au calme blanc.

Soit! lorsque le navire aura pris le large, il ne pourra échapper
aux oscillations de la houle, qui, même alors que la brise est tombée,
se fait toujours sentir pour les bâtiments de moyenne grandeur. A
moins d'être à bord d'un croiseur ou d'un cuirassé... et ce n'est pas
le cas, j'imagine!

En ce moment, il me semble bien... En effet... je ne me trompe
pas... Un bruit se produit à l'intérieur... un bruit de pas... Ces pas se
rapprochent de la cloison de tôle, dans laquelle est percée la porte
du compartiment... Ce sont des hommes de l'équipage, sans doute...
Cette porte va-t-elle s'ouvrir enfin?... J'écoute... Des gens parlent,

On m'a saisi par les jambes et les épaules. (Page 58.)

et j'entends leur voix... mais je ne puis les comprendre... Ils se servent d'une langue qui m'est inconnue... J'appelle... je crie... Pas de réponse !

Il n'y a donc qu'à attendre, attendre, attendre ! Ce mot-là, je me le répète, et il bat dans ma pauvre tête comme le battant d'une cloche !

Essayons de calculer le temps qui s'est écoulé.

J'écoute... Des gens parlent... (Page 63.)

En somme, je ne puis pas l'évaluer à moins de quatre ou cinq heures depuis que le navire s'est mis en marche. A mon estime, minuit est passé. Par malheur, ma montre ne peut me servir au milieu de cette profonde obscurité.

Or, si nous naviguons depuis cinq heures, le navire est actuellement en dehors du Pamplico-Sound, qu'il en soit sorti par l'Ocracoke-inlet ou par l'Hatteras-inlet. J'en conclus qu'il doit être au

9

large du littoral — d'un bon mille au moins... Et, cependant, je ne ressens rien de la houle du large...

C'est là l'inexplicable, c'est là l'invraisemblable... Voyons... Est-ce que je me suis trompé?... Est-ce que j'ai été dupe d'une illusion?... Ne suis-je point renfermé à fond de cale d'un bâtiment en marche?...

Une nouvelle heure vient de s'écouler, et, soudain, les trépidations des machines ont cessé... Je me rends parfaitement compte de l'immobilité du navire qui m'emporte... Était-il donc rendu à destination?... Dans ce cas, ce ne pourrait être que dans un des ports du littoral, au nord ou au sud du Pamplico-Sound... Mais quelle apparence que Thomas Roch, arraché de Healthful-House, ait été ramené en terre ferme?... L'enlèvement ne pourrait tarder à être connu, et ses auteurs s'exposeraient à être découverts par les autorités de l'Union...

D'ailleurs, si le bâtiment est actuellement au mouillage, je vais entendre le bruit de la chaîne à travers l'écubier, et, quand il viendra à l'appel de son ancre, une secousse se produira, — une secousse que je guette... que je reconnaîtrai... Cela ne saurait tarder de quelques minutes.

J'attends... j'écoute...

Un morne et inquiétant silence règne à bord... C'est à se demander s'il y a sur ce navire d'autres êtres vivants que moi...

A présent, je me sens envahir par une sorte de torpeur... L'atmosphère est viciée... La respiration me manque... Ma poitrine est comme écrasée d'un poids dont je ne puis me délivrer...

Je veux résister... C'est impossible... J'ai dû m'étendre dans un coin et me débarrasser d'une partie de mes vêtements, tant la température est élevée... Mes paupières s'alourdissent, se ferment, et je tombe dans une prostration, qui va me plonger en un lourd et irrésistible sommeil...

Combien de temps ai-je dormi?... Je l'ignore. Fait-il nuit, fait-il jour?... Je ne saurais le dire. Mais, ce que j'observe en premier lieu, c'est que ma respiration est plus facile. Mes poumons s'emplissent d'un air qui n'est plus empoisonné d'acide carbonique.

Est-ce que cet air a été renouvelé tandis que je dormais?... Le compartiment a-t-il été ouvert?... Quelqu'un est-il entré dans cet étroit réduit?...

Oui... et j'en ai la preuve.

Ma main — au hasard — vient de saisir un objet — un récipient rempli d'un liquide dont l'odeur est engageante. Je le porte à mes lèvres, qui sont brûlantes, car je suis torturé par la soif à ce point que je me contenterais même d'une eau saumâtre.

C'est de l'ale, — une ale de bonne qualité, — qui me rafraîchit, me réconforte, et dont j'absorbe une pinte entière.

Mais si on ne m'a pas condamné à mourir de soif, on ne m'a pas, je suppose, condamné à mourir de faim?...

Non... Dans un des coins a été déposé un panier, et ce panier contient une miche de pain avec un morceau de viande froide.

Je mange donc... je mange avidement, et les forces peu à peu me reviennent.

Décidément, je ne suis pas aussi abandonné que je l'aurais pu craindre. On s'est introduit dans ce trou obscur, et, par la porte, a pénétré un peu de cet oxygène du dehors sans lequel j'aurais été asphyxié. Puis, on a mis à ma disposition de quoi calmer ma soif et ma faim jusqu'à l'heure où je serai délivré.

Combien de temps cette incarcération durera-t-elle encore?... Des jours... des mois?...

Il ne m'est pas possible, d'ailleurs, de calculer le temps qui s'est écoulé pendant mon sommeil ni d'établir avec quelque approximation l'heure qu'il est. J'avais bien eu soin de remonter ma montre, mais ce n'est pas une montre à répétition... Peut-être, en tâtant les aiguilles?... Oui... il me semble que la petite est sur le chiffre huit... du matin, sans doute...

Ce dont je suis certain, par exemple, c'est que le bâtiment n'est plus en marche. Il ne se produit pas la plus légère secousse à bord — ce qui indique que le propulseur est au repos. Cependant les heures se passent, des heures interminables, et je me demande si l'on n'atten-

dra pas la nuit pour entrer de nouveau dans ce compartiment, afin de
l'aérer comme on l'a fait pendant que je dormais, en renouveler les
provisions... Oui... on veut profiter de mon sommeil...

Cette fois, j'y suis résolu... je résisterai... Et même, je feindrai
de dormir... et quelle que soit la personne qui entrera, je saurai
l'obliger à me répondre !

VI

SUR LE PONT.

Me voici à l'air libre et je respire à pleins poumons... On m'a
enfin extrait de cette boîte étouffante et remonté sur le pont du navire... Tout d'abord, en parcourant l'horizon du regard, je n'ai plus
aperçu aucune terre... Rien que cette ligne circulaire qui délimite la
mer et le ciel !

Non !... il n'y a pas même une apparence de continent à l'ouest,
de ce côté où le littoral de l'Amérique du Nord se développe sur des
milliers de milles

En ce moment, le soleil, à son déclin, n'envoie plus que des rayons
obliques à la surface de l'Océan... Il doit être environ six heures du
soir... Je consulte ma montre... Oui, six heures et treize minutes.

Voici ce qui s'est passé pendant cette nuit du 17 juin.

J'attendais, comme je l'ai dit, que s'ouvrît la porte du compartiment, bien décidé à ne point succomber au sommeil. Je ne doutais
pas qu'il fît jour alors, et la journée s'avançait, et personne ne venait.
Des provisions qui avaient été mises à ma disposition, il ne restait
plus rien. Je commençais à souffrir de la faim, sinon de la soif,
ayant conservé un peu d'ale.

Dès mon réveil, certains frémissements de la coque m'avaient donné à penser que le bâtiment s'était remis en marche, après avoir stationné depuis la veille, — probablement dans quelque crique déserte de la côte, puisque je n'avais rien ressenti des secousses qui accompagnent l'opération du mouillage.

Il était donc six heures, lorsque des pas ont résonné derrière la cloison métallique du compartiment. Allait-on entrer?... Oui... Un grincement de serrure s'est produit, et la porte s'est ouverte. La lueur d'un fanal a dissipé la profonde obscurité au milieu de laquelle j'étais plongé depuis mon arrivée à bord.

Deux hommes ont apparu, que je n'ai pas eu le loisir de dévisager. Ces deux hommes m'ont saisi par les bras, et un épais morceau de toile a enveloppé ma tête, de telle sorte qu'il me fut impossible de rien voir.

Que signifiait cette précaution?... Qu'allait-on faire de moi?... J'ai voulu me débattre... On m'a solidement maintenu... J'ai interrogé... Je n'ai pu obtenir aucune réponse. Quelques paroles ont été échangées entre ces hommes, dans une langue que je ne comprenais pas, et dont je n'ai pu reconnaître la provenance.

Décidément, on usait de peu d'égards envers moi! Il est vrai, un gardien de fous, pourquoi se gêner avec un si infime personnage?... Mais je ne suis pas bien sûr que l'ingénieur Simon Hart eût été l'objet de meilleurs traitements.

Cette fois, cependant, on ne m'a pas bâillonné, on ne m'a lié ni les bras ni les jambes. On s'est contenté de me tenir vigoureusement, et je n'aurais pu fuir.

Un instant après, je suis entraîné hors du compartiment et poussé à travers une étroite coursive. Sous mes pieds résonnent les marches d'un escalier métallique. Puis, un air frais frappe mon visage, et, à travers le morceau de toile, je respire avidement.

Alors on me soulève, et les deux hommes me déposent sur un plancher qui, cette fois, n'est pas fait de plaques de tôle et doit être le pont d'un navire.

Enfin les bras qui me serraient se relâchent. Me voici libre de mes mouvements. J'arrache aussitôt la toile qui me recouvre la tête, et je regarde...

Je suis à bord d'une goélette en pleine marche, dont le sillage laisse une longue trace blanche.

Il m'a fallu saisir un des galhaubans pour ne pas choir, ébloui que je suis par le grand jour, après cet emprisonnement de quarante-huit heures au milieu d'une complète obscurité.

Sur le pont vont et viennent une dizaine d'hommes à la physionomie rude, — des types très dissemblables, auxquels je ne saurais assurer une origine quelconque. D'ailleurs, c'est à peine s'ils font attention à moi.

Quant à la goélette, d'après mon estime, elle peut jauger de deux cent cinquante à trois cents tonneaux. Assez large de flancs, sa mâture est forte, et sa surface de voilure doit lui donner une rapide allure par belle brise.

A l'arrière, un homme au visage hâlé, est au gouvernail. Sa main, sur les poignées de la roue, maintient la goélette contre des embardées assez violentes.

J'aurais voulu lire le nom de ce navire, qui a l'aspect d'un yacht de plaisance. Mais ce nom, est-il inscrit au tableau d'arrière ou sur les pavois de l'avant?...

Je me dirige vers un des matelots, et lui dis :

« Quel est ce navire?... »

Nulle réponse, et j'ai même lieu de croire que cet homme ne me comprend pas.

« Où est le capitaine?... » ai-je ajouté.

Le matelot n'a pas plus répondu à cette question qu'à la précédente.

Je me transporte vers l'avant.

En cet endroit, au-dessus des montants du guindeau, est suspendue une cloche... Sur le bronze de cette cloche, peut-être un nom est-il gravé — le nom de la goélette?...

Aucun nom.

Je reviens vers l'arrière, et, m'adressant à l'homme de barre, je renouvelle ma question...

Cet homme me lance un regard peu sympathique, hausse les épaules, et s'arc-boute solidement pour ramener la goélette jetée sur bâbord dans un violent écart.

L'idée me vient de voir si Thomas Roch est là... Je ne l'aperçois pas... N'est-il pas à bord?... Cela serait inexplicable. Pourquoi aurait-on enlevé de Healthful-House le gardien Gaydon seul?... Personne n'a jamais pu soupçonner que je fusse l'ingénieur Simon Hart, et, lors même qu'on le saurait, quel intérêt y aurait-il eu à s'emparer de ma personne, et que pourrait-on attendre de moi?...

Aussi, puisque Thomas Roch n'est pas sur le pont, j'imagine qu'il doit être enfermé dans l'une des cabines, et puisse-t-il avoir été traité avec plus d'égards que son ex-gardien!

Voyons donc — et comment cela ne m'a-t-il pas frappé immédiatement — dans quelles conditions marche-t-elle, cette goélette?... Les voiles sont serrées... il n'y a pas un pouce de toile dehors... la brise est tombée... les quelques souffles intermittents, qui viennent de l'est, sont contraires, puisque nous avons le cap dans cette direction... Et, cependant, la goélette file avec rapidité, piquant un peu du nez, tandis que son étrave fend les eaux, dont l'écume glisse sur sa ligne de flottaison. Un sillage, comme une moire onduleuse, s'étend au loin en arrière.

Ce navire est-il donc un steam-yacht?... Non!... Aucune cheminée ne se dresse entre son grand mât et son mât de misaine... Est-ce un bateau mû par l'électricité, possédant soit une batterie d'accumulateurs, soit des piles d'une puissance considérable, qui actionnent son hélice et lui impriment une pareille vitesse?...

En effet, je ne saurais m'expliquer autrement cette navigation. Dans tous les cas, puisque le propulseur ne peut être qu'une hélice, en me penchant au-dessus du couronnement, je la verrai fonctionner, et il ne me restera plus qu'à reconnaître de quelle source mécanique provient son mouvement.

L'homme de barre me laisse approcher, non sans m'adresser un regard ironique.

Je me penche en dehors, et j'observe...

Nulle trace de ces bouillonnements qu'aurait produits la rotation d'une hélice... Rien qu'un sillage plat, s'étendant à trois ou quatre encablures, tel qu'en laisse un bâtiment entraîné par une voilure puissante...

Mais quel est donc l'engin propulsif qui donne à cette goélette cette merveilleuse vitesse? Je l'ai dit, le vent est plutôt défavorable, la mer ne se soulève qu'en de longues ondulations qui ne déferlent pas...

Je le saurai pourtant, et, sans que l'équipage se préoccupe de ma personne, je retourne vers l'avant.

Arrivé près du capot du poste, me voici en présence d'un homme dont la figure ne m'est pas inconnue... Accoudé tout à côté, cet homme me laisse approcher de lui et me regarde... Il semble attendre que je lui adresse la parole...

La mémoire me revient... C'est le personnage qui accompagnait le comte d'Artigas pendant sa visite à Healthful-House. Oui... il n'y a pas d'erreur...

Ainsi, c'est ce riche étranger qui a enlevé Thomas Roch, et je suis à bord de l'*Ebba*, son yacht bien connu sur ces parages de l'Est-Amérique!... Soit! L'homme qui est devant moi me dira ce que j'ai le droit de savoir. Je me souviens que le comte d'Artigas et lui parlaient la langue anglaise... Il me comprendra et ne pourra refuser de répondre à mes questions.

Dans ma pensée, cet homme doit être le capitaine de la goélette *Ebba*.

« Capitaine, lui dis-je, c'est vous que j'ai vu à Healthful-House... Vous me reconnaissez?... »

Lui se contente de me dévisager et ne daigne pas me répondre.

« Je suis le surveillant Gaydon, ai-je repris, le gardien de Thomas Roch, et je veux savoir pourquoi vous m'avez enlevé et mis à bord de cette goélette?... »

Je me penche en dehors, et j'observe... (Page 72.)

Ledit capitaine m'interrompt d'un signe, et encore, ce signe, n'est-ce pas à moi qu'il s'adresse, mais à quelques matelots postés près du gaillard d'avant.

Ceux-ci accourent, me prennent les bras, et, s'inquiétant peu du mouvement de colère que je ne puis retenir, m'obligent à descendre l'escalier du capot de l'équipage.

Cet escalier n'est à vrai dire qu'une échelle à barreaux de fer perpendiculairement fixée à la cloison. Sur le palier, de chaque côté, s'ouvre une porte, qui établit la communication entre le poste, la cabine du capitaine et d'autres chambres contiguës.

Allait-on de nouveau me plonger dans le sombre réduit que j'ai déja occupé à fond de cale?...

Je tourne à gauche, l'on m'introduit à l'intérieur d'une cabine, éclairée par un des hublots de la coque, repoussé en ce moment, et qui laisse passer un air vif. L'ameublement comprend un cadre avec sa literie, une table, un fauteuil, une toilette, une armoire.

Sur la table, mon couvert est mis. Je n'ai plus qu'à m'asseoir, et, comme l'aide-cuisinier allait se retirer après avoir déposé divers plats, je lui adresse la parole.

Encore un muet celui-là, — un jeune garçon de race nègre, et peut-être ne comprend-il pas ma langue?...

La porte refermée, je mange avec appétit, remettant à plus tard des questions qui ne resteront pas toujours sans réponses.

Il est vrai, je suis prisonnier, — mais cette fois, dans des conditions de confort infiniment préférables, et qui me seront conservées, je l'espère, jusqu'à notre arrivée à destination.

Et alors, je m'abandonne à un cours d'idées dont la première est celle-ci : c'est le comte d'Artigas qui avait préparé cette affaire d'enlèvement, c'est lui qui est l'auteur du rapt de Thomas Roch, et nul doute que l'inventeur français ne soit installé dans une non moins confortable cabine à bord de l'*Ebba*.

En somme, qui est-il, ce personnage?... D'où vient-il, cet étranger?... S'il s'est emparé de Thomas Roch, est-ce donc qu'il veut, à n'importe quel prix, s'approprier le secret de son Fulgurateur?... C'est vraisemblable. Aussi devrai-je prendre garde à ne point trahir mon identité, car toute chance de redevenir libre m'échapperait, si l'on apprenait la vérité sur mon compte.

Mais que de mystères à percer, que d'inexplicable à expliquer, — l'origine de ce d'Artigas, ses intentions pour l'avenir, la direction que suit sa goélette, le port auquel elle est attachée... et aussi cette navigation, sans voile et sans hélice, avec une vitesse d'au moins dix milles à l'heure!...

Enfin, avec le soir, un air plus frais pénètre à travers le hublot de la cabine. Je le ferme au moyen de sa vis, et, puisque ma porte est verrouillée à l'extérieur, le mieux est de me jeter sur le cadre, de m'endormir aux douces oscillations de cette singulière *Ebba* à la surface de l'Atlantique.

Le lendemain, je suis levé dès l'aube, je procède à ma toilette, je m'habille, et j'attends.

L'idée me vient aussitôt de voir si la porte de la cabine est fermée...

Non, elle ne l'est pas. Je pousse le vantail, je gravis l'échelle de fer, et me voici sur le pont.

A l'arrière, tandis que les matelots vaquent aux travaux de lavage, deux hommes, dont l'un est le capitaine, sont en train de causer. Celui-ci ne manifeste aucune surprise en m'apercevant, et, d'un signe de tête, me désigne à son compagnon.

L'autre, que je n'ai jamais vu, est un individu d'une cinquantaine d'années, barbe et chevelure noires mélangées de fils d'argent, figure ironique et fine, œil agile, physionomie intelligente. Celui-là se rapproche du type hellénique, et je n'ai plus douté qu'il fût d'origine grecque, quand je l'ai entendu appeler Serkö — l'ingénieur Serkö — par le capitaine de l'*Ebba*.

Quant à ce dernier, il se nomme Spade, — le capitaine Spade, — et ce nom a bien l'air d'être de provenance italienne. Ainsi un Grec, un Italien, un équipage composé de gens recrutés en tous les coins du globe, et embarqué sur une goélette à nom norvégien... ce mélange me paraît, à bon droit, suspect.

Et le comte d'Artigas, avec son nom espagnol, son type asiatique... d'où vient-il?...

Le capitaine Spade et l'ingénieur Serkö s'entretiennent à voix basse. Le premier surveille de près l'homme de barre, qui ne semble pas avoir à se préoccuper des indications du compas placé dans l'ha-

bitacle devant ses yeux. Il parait plutôt obéir aux gestes de l'un des
matelots de l'avant, qui lui indique s'il doit venir sur tribord ou sur
bâbord.

Thomas Roch est là, près du rouffle... Il regarde cette immense
mer déserte, qu'aucun contour de terre ne limite à l'horizon. Deux
matelots, placés près de lui, ne le perdent pas de vue. Ne pouvait-on
tout craindre de ce fou, — même qu'il se jetât par-dessus le bord?...

Je ne sais s'il me sera permis de communiquer avec mon ancien
pensionnaire?...

Tandis que je m'avance vers lui, le capitaine Spade et l'ingénieur
Serkö m'observent.

Je m'approche de Thomas Roch, qui ne me voit pas venir, et me
voici à son côté.

Thomas Roch n'a point l'air de me reconnaître, et ne fait pas un
seul mouvement. Ses yeux, qui brillent d'un vif éclat, ne cessent de
parcourir l'espace. Heureux de respirer cette atmosphère vivifiante
et chargée d'émanations salines, sa poitrine se gonfle en de longues
aspirations. A cet air suroxygéné se joint la lumière d'un magnifique soleil, débordant un ciel sans nuages, et dont les rayons le
baignent tout entier. Se rend-il compte du changement survenu dans
sa situation?... Ne se souvient-il plus déjà de Healthful-House, du
pavillon où il était prisonnier, de son gardien Gaydon?... C'est infiniment probable. Le passé s'est effacé de son souvenir, et il est
tout au présent.

Mais, à mon avis, même sur le pont de l'*Ebba*, dans ce milieu de
la pleine mer, Thomas Roch est toujours l'inconscient que j'ai soigné
durant quinze mois. Son état intellectuel n'a pas changé, la raison
ne lui reviendra que lorsqu'on l'entretiendra de ses découvertes. Le
comte d'Artigas connaît cette disposition mentale pour en avoir fait
l'expérience pendant sa visite, et c'est évidemment sur cette disposition qu'il se fonde pour surprendre tôt ou tard le secret de l'inventeur. Qu'en pourrait-il faire?...

« Thomas Roch?... » ai-je dit.

Ma voix le frappe, et, après s'être fixés un instant sur moi, ses yeux se détournent vivement.

Je prends sa main, je la presse, mais il la retire brusquement, puis s'éloigne, — sans m'avoir reconnu, — et il se dirige vers l'arrière de la goélette, où se trouvent l'ingénieur Serkö et le capitaine Spade.

A-t-il donc la pensée de s'adresser à l'un de ces deux hommes, et s'ils lui parlent, leur répondra-t-il, — ce dont il s'est dispensé à mon égard?...

Juste à ce moment, sa physionomie vient de s'éclairer d'une lueur d'intelligence, et son attention — je ne puis en douter — est attirée par la marche bizarre de la goélette.

En effet, ses regards se portent sur la mâture de l'*Ebba*, dont les voiles sont serrées, et qui glisse rapidement à la surface de ces eaux calmes...

Thomas Roch rétrograde alors, il remonte la coursive de tribord, il s'arrête à la place où devrait se dresser une cheminée, si l'*Ebba* était un steam-yacht, — une cheminée dont s'échapperait des tourbillons de fumée noire...

Ce qui m'a semblé si étrange parait tel à Thomas Roch... Il ne peut s'expliquer ce que j'ai trouvé inexplicable, et, comme je l'ai fait, il gagne l'arrière afin de voir fonctionner l'hélice...

Sur les flancs de la goélette gambade une troupe de marsouins. Si vite que file l'*Ebba*, ces agiles animaux la dépassent sans peine, cabriolant, se culbutant, se jouant dans leur élément naturel avec une merveilleuse souplesse.

Thomas Roch ne s'attache pas à les suivre du regard. Il se penche au-dessus des bastingages...

Aussitôt l'ingénieur Serkö et le capitaine Spade se rapprochent de lui, et, craignant qu'il tombe à la mer, ils le retiennent d'une main ferme, puis le ramènent sur le pont.

J'observe, d'ailleurs, — car j'en ai la longue expérience, — que Thomas Roch est en proie à une vive surexcitation. Il tourne sur lui-même, il gesticule, des phrases incohérentes, qui ne s'adressent à personne, sortent de sa bouche...

Cela n'est que trop visible, une crise est prochaine, — une crise semblable à celle qui l'a saisi pendant la dernière soirée passée au pavillon de Healthful-House, et dont les conséquences ont été si funestes. Il va falloir s'emparer de lui, le descendre dans sa cabine, où l'on m'appellera peut-être à lui donner ces soins spéciaux dont j'ai l'habitude...

En attendant, l'ingénieur Serkö et le capitaine Spade ne le perdent pas de vue. Vraisemblablement, leur intention est de le laisser faire, et voici ce qu'il fait :

Après s'être dirigé vers le grand mât, dont ses yeux ont vainement cherché la voilure, il l'atteint, il l'entoure de ses bras, il essaie de l'ébranler en le secouant par le râtelier de tournage, comme s'il voulait l'abattre...

Et, alors, voyant ses efforts infructueux, ce qu'il a tenté au grand mât, il va le tenter au mât de misaine. Sa nervosité croit au fur et à mesure. Des cris inarticulés succèdent aux vagues paroles qui lui échappent...

Soudain, il se précipite vers les haubans de bâbord et s'y accroche. Je me demande s'il ne va pas s'élancer sur les enfléchures, monter jusqu'aux barres du hunier... Si on ne l'arrête pas, il risque de choir sur le pont, ou, dans un vif mouvement de roulis, d'être jeté à la mer...

Sur un signe du capitaine Spade, des matelots accourent, le prennent à bras-le-corps, sans pouvoir lui faire lâcher les haubans, tant ses mains les serrent avec vigueur. Au cours d'une crise, je le sais, ses forces sont décuplées. Pour le maîtriser, il m'a fallu souvent appeler des gardiens à mon aide...

Cette fois, les hommes de la goélette — des gaillards taillés en force — ont raison du malheureux dément. Thomas Roch est étendu sur le pont, où deux matelots le contiennent malgré son extraordinaire résistance.

Il n'y a plus qu'à le descendre dans sa cabine, à l'y laisser au repos jusqu'à que cette crise ait pris fin. C'est même ce qui va être fait conformément à l'ordre donné par un nouveau personnage, dont la voix vient frapper mon oreille...

Je me retourne, et je le reconnais.

C'est le comte d'Artigas, la physionomie sombre, l'attitude impérieuse, tel que je l'ai vu à Healthful-House.

Aussitôt je vais à lui. Il me faut une explication quand même... et je l'aurai.

« De quel droit... monsieur?... ai-je demandé.

— Du droit du plus fort! » me répond le comte d'Artigas.

Et il se dirige vers l'arrière, tandis que l'on emporte Thomas Roch dans sa cabine.

VII

DEUX JOURS DE NAVIGATION.

Peut-être — si les circonstances l'exigent, — serai-je amené à dire au comte d'Artigas que je suis l'ingénieur Simon Hart. Qui sait si je n'obtiendrai pas plus d'égards qu'en restant le gardien Gaydon?... Toutefois, cette mesure mérite réflexion. En effet, je suis toujours dominé par la pensée que, si le propriétaire de l'*Ebba* a fait enlever l'inventeur français, c'est dans l'espoir de s'assurer la possession du Fulgurateur Roch, auquel ni l'ancien ni le nouveau continent n'ont voulu mettre le prix inacceptable qui en était demandé. Eh bien, dans le cas où Thomas Roch viendrait à livrer son secret, ne vaut-il pas mieux que j'aie continué d'avoir accès près de lui, que l'on m'ait conservé mes fonctions de surveillant, que je sois chargé

Ils m'obligent à descendre l'escalier du capot. (Page 73.)

des soins nécessités par son état?... Oui, je dois me réserver cette possibilité de tout voir, de tout entendre... qui sait?... d'apprendre enfin ce qu'il m'a été impossible de découvrir à Healthful-House!

A présent, où va la goélette *Ebba*?... Première question.

Qui est ce comte d'Artigas?... Deuxième question.

La première sera résolue dans quelques jours, sans doute, étant donnée la rapidité avec laquelle marche ce fantastique yacht de

Lorsqu'une voile ou une fumée apparaît au large... (Page 84.)

plaisance sous l'action d'un propulseur dont je finirai bien par re-connaître le fonctionnement.

Quant à la seconde question, il est moins certain que je puisse jamais l'éclaircir.

A mon avis, en effet, ce personnage énigmatique doit avoir un intérêt majeur à cacher son origine, et, je le crains, nul indice ne me permettra d'établir sa nationalité. Si ce comte d'Artigas parle couramment l'anglais, — j'ai pu m'en assurer pendant sa visite au pavillon 17, — il le fait avec un accent rude et vibrant, qui ne se retrouve pas chez les peuples du Nord. Cela ne me rappelle rien de ce que j'ai entendu au cours de mes voyages à travers les deux mondes, — si ce n'est peut-être cette dureté caractéristique des idiomes de la Malaisie. Et, en vérité, avec son teint chaud, presque olivâtre, tirant sur le cuivre, sa chevelure crépelée d'un noir d'ébène, son regard sortant d'une profonde orbite et qui jaillit comme un dard d'une prunelle immobile, sa taille élevée, la carrure de ses épaules, son relief musculaire très accentué qui décèle une grande vigueur physique, il ne serait pas impossible que le comte d'Artigas appartînt à quelqu'une de ces races de l'extrême Orient.

Pour moi, ce nom d'Artigas n'est qu'un nom d'emprunt, comme doit l'être aussi ce titre de comte. Si sa goélette porte une appellation norvégienne, lui, à coup sûr, n'est point d'origine scandinave. Il n'a rien des hommes de l'Europe septentrionale, ni la physionomie calme, ni les cheveux blonds, ni ce doux regard qui s'échappe de leurs yeux d'un bleu pâle.

Enfin, quel qu'il soit, cet homme a fait enlever Thomas Roch, — moi avec, — et ce ne peut être que dans un mauvais dessein.

Maintenant a-t-il opéré au profit d'une puissance étrangère, ou dans son propre intérêt?... A-t-il voulu être seul à profiter de l'invention de Thomas Roch et se trouve-t-il donc dans des conditions à pouvoir en profiter?... C'est une troisième question à laquelle je ne saurais encore répondre. Par tout ce que je verrai dans la suite, tout ce que j'entendrai, peut-être parviendrai-je à la résoudre, avant d'avoir pu m'enfuir, en admettant que la fuite soit exécutable?...

L'*Ebba* continue de naviguer dans les conditions inexplicables que l'on connaît. Je suis libre de parcourir le pont, sans jamais dépasser le poste d'équipage dont le capot s'ouvre sur l'avant du mât de misaine.

En effet, une fois, j'ai voulu m'avancer jusqu'à l'emplanture du beaupré, d'où j'aurais pu, en me penchant au dehors, voir l'étrave de la goélette fendre les eaux. Mais, en conséquence d'ordres évidemment donnés, les matelots de quart se sont opposés à mon passage, et l'un deux m'a dit d'un ton brusque en un rauque anglais :

« A l'arrière... à l'arrière!... Vous gênez la manœuvre! »

La manœuvre?... On ne manœuvre pas.

A-t-on compris que je cherchais à découvrir à quel genre de propulsion obéissait la goélette?... C'est probable, et le capitaine Spade, qui a été témoin de cette scène, a dû deviner que je cherchais à me rendre compte de cette navigation. Même un surveillant d'hospice ne saurait être que très étonné qu'un navire, sans voilure, sans hélice, soit animé d'une pareille vitesse. Enfin, pour une raison ou pour une autre, l'avant du pont de l'*Ebba* m'est défendu.

Vers dix heures, la brise se lève, — une brise du nord-ouest très favorable, — et le capitaine Spade donne ses instructions au maître d'équipage.

Aussitôt celui-ci, le sifflet aux lèvres, fait hisser la grande voile, la misaine et les focs. On n'eût pas opéré avec plus de régularité et de discipline à bord d'un navire de guerre.

L'*Ebba* s'incline légèrement sur bâbord, et sa vitesse s'accélère notablement. Cependant le moteur n'a point cessé de fonctionner, car les voiles ne sont pas aussi pleines qu'elles auraient dû l'être, si la goélette n'eût été soumise qu'à leur seule action. Toutefois elles n'en aident pas moins la marche, grâce à la fraîche brise, qui s'est régulièrement établie.

Le ciel est beau, les nuages de l'ouest se dissipent dès qu'ils atteignent les hauteurs du zénith, et la mer resplendit sous l'averse des rayons solaires.

Ma préoccupation est alors de relever, dans la mesure du possible, la route que nous suivons. J'ai assez voyagé sur mer pour savoir évaluer la vitesse d'un bâtiment. A mon avis, celle de l'*Ebba* doit être comprise entre dix et onze milles. Quant à la direction, elle est toujours la même, et il m'est facile de le vérifier, en m'approchant de l'habitacle placé devant l'homme de barre. Si l'avant de l'*Ebba* est interdit au gardien Gaydon, il n'en est pas ainsi de l'arrière. A maintes reprises j'ai pu jeter un rapide regard sur la boussole, dont l'aiguille marque invariablement l'est, ou, avec plus d'exactitude, l'est-sud-est.

Voici donc dans quelles conditions nous naviguons à travers cette partie de l'océan Atlantique, limitée au couchant par le littoral des États-Unis d'Amérique.

Je fais appel à mes souvenirs : quels sont les îles ou groupes d'îles qui se rencontrent dans cette direction, avant les terres de l'ancien continent?

La Caroline du Nord, que la goélette a quittée depuis quarante-huit heures, est traversée par le trente-cinquième parallèle, et ce parallèle, prolongé vers le levant, doit, si je ne me trompe, couper la côte africaine à peu près à la hauteur du Maroc. Mais, sur son passage, gît l'archipel des Açores, à trois mille milles environ de l'Amérique. Or, est-il présumable que l'*Ebba* ait l'intention de rallier cet archipel, que son port d'attache se trouve dans l'une de ces îles qui forment un domaine insulaire du Portugal?... Non, je ne saurais admettre cette hypothèse.

D'ailleurs, avant les Açores, sur la ligne du trente-cinquième parallèle, à la distance de douze cents kilomètres seulement, se rencontre le groupe des Bermudes qui appartient à l'Angleterre. Il me paraîtrait moins hypothétique que, si le comte d'Artigas s'est chargé de l'enlèvement de Thomas Roch pour le compte d'une puissance européenne, cette puissance fût le Royaume-Uni de Grande-Bretagne et d'Irlande. A vrai dire, reste toujours le cas où ce personnage n'aurait agi qu'en vue de son propre intérêt.

Pendant cette journée, à trois ou quatre reprises, le comte d'Artigas est venu prendre place à l'arrière. De là, son regard m'a paru interroger attentivement les divers points de l'horizon. Lorsqu'une voile ou une fumée apparaît au large, il les observe longuement, en se servant d'une puissante lorgnette marine. J'ajoute qu'il n'a même pas daigné remarquer ma présence sur le pont.

De temps en temps, le capitaine Spade le rejoint, et tous deux échangent quelques paroles dans une langue que je ne puis ni comprendre ni reconnaître.

C'est avec l'ingénieur Serkö que le propriétaire de l'*Ebba* s'entretient le plus volontiers, lequel paraît être fort avant dans son intimité. Assez loquace, moins rébarbatif, moins fermé que ses compagnons de bord, à quel titre cet ingénieur se trouve-t-il sur la goélette?... Est-ce un ami particulier du comte d'Artigas?... Court-il les mers avec lui, partageant cette existence si enviable d'un riche yachtman?... Au total, cet homme est le seul qui paraisse me témoigner, sinon un peu de sympathie, du moins un peu d'intérêt.

Quant à Thomas Roch, je ne l'ai pas aperçu de toute la matinée, et il doit être enfermé dans sa cabine, sous l'influence de cette crise de la veille qui n'a pas encore pris fin.

J'en ai même eu la certitude, lorsque, vers trois heures après midi, le comte d'Artigas, au moment où il allait redescendre par le capot, m'a fait signe de m'approcher.

J'ignore ce qu'il me veut, ce comte d'Artigas, mais je sais bien ce que je vais lui dire.

« Est-ce que ces crises auxquelles est sujet Thomas Roch durent longtemps?... me demande-t-il en anglais.

— Parfois quarante-huit heures, ai-je répondu.

— Et qu'y a-t-il à faire?...

— Rien qu'à le laisser tranquille jusqu'à ce qu'il s'endorme. Après une nuit de sommeil, l'accès est terminé, et Thomas Roch reprend son état habituel d'inconscience.

— Bien, gardien Gaydon, vous lui continuerez vos soins comme à Healthful-House, si cela est nécessaire...

— Mes soins?...

— Oui... à bord de la goélette... en attendant que nous soyons arrivés...

— Où?...

— Où nous serons demain dans l'après-midi, » me répond le comte d'Artigas.

Demain... pensai-je. Il ne s'agit donc pas d'atteindre la côte d'Afrique, ni même l'archipel des Açores?... Subsisterait alors l'hypothèse que l'*Ebba* va relâcher aux Bermudes...

Le comte d'Artigas allait mettre le pied sur la première marche du capot, lorsque je l'interpelle à mon tour.

« Monsieur, dis-je, je veux savoir... j'ai le droit de savoir où je vais... et...

— Ici, gardien Gaydon, vous n'avez aucun droit. Bornez-vous à répondre, lorsqu'on vous interroge.

— Je proteste...

— Protestez, » me réplique ce personnage impérieux et hautain, dont l'œil me lance un mauvais regard.

Et, descendant par le capot du roufle, il me laisse en présence de l'ingénieur Serkö.

« A votre place, je me résignerais, gardien Gaydon... dit celui-ci en souriant. Quand on est pris dans un engrenage...

— Il est permis de crier... je suppose...

— A quoi bon... lorsque personne n'est à portée de vous entendre?...

— On m'entendra plus tard, monsieur...

— Plus tard... c'est long!... Enfin... criez à votre aise! »

Et c'est sur ce conseil ironique que l'ingénieur Serkö m'abandonne à mes réflexions.

Vers quatre heures, un grand navire est signalé à six milles dans l'est, courant à contre-bord de nous. Sa marche est rapide, et il grandit à vue d'œil. Des tourbillons noirâtres s'échappent de ses deux cheminées. C'est un bâtiment de guerre, car une étroite flamme se déroule à la tête de son grand mât, et bien qu'aucun pavillon ne flotte à sa corne, je crois reconnaître un croiseur de la marine fédérale.

Je me demande alors si l'*Ebba* lui fera le salut d'usage, lorsqu'elle sera par son travers.

Non, et en ce moment, la goélette évolue avec l'évidente intention de s'éloigner.

Ces façons ne m'étonnent pas autrement de la part d'un yacht si suspect. Mais, ce qui me cause la plus vive surprise, c'est la manière de manœuvrer du capitaine Spade.

En effet, après s'être rendu à l'avant près du guindeau, il s'arrête devant un petit appareil signalétique, semblable à ceux qui sont destinés à l'envoi des ordres dans la chambre des machines d'un steamer. Dès qu'il a pressé un des boutons de cet appareil, l'*Ebba* laisse arriver d'un quart vers le sud-est en même temps que les écoutes des voiles sont mollies en douceur par les hommes de l'équipage.

Évidemment, un ordre « quelconque » a été transmis au mécanicien de la machine « quelconque », qui imprime à la goélette cet inexplicable déplacement sous l'action d'un moteur « quelconque » dont le principe m'échappe encore.

Il résulte de cette manœuvre que l'*Ebba* s'éloigne obliquement du croiseur, dont la direction ne s'est point modifiée. Pourquoi un bâtiment de guerre aurait-il cherché à détourner de sa route ce yacht de plaisance, qui ne peut exciter aucun soupçon ?...

Mais c'est de toute autre façon que se comporte l'*Ebba*, lorsque, vers six heures du soir, un second bâtiment se montre par le bossoir de bâbord. Cette fois, au lieu de l'éviter, le capitaine Spade, après avoir envoyé un ordre au moyen de l'appareil, reprend sa direction à l'est, — ce qui va l'amener dans les eaux dudit bâtiment.

Une heure plus tard, les deux navires sont par le travers l'un de l'autre, séparés par une distance de trois ou quatre milles environ.

La brise est alors complètement tombée. Le navire, qui est un long courrier, un trois-mâts de commerce, s'occupe de serrer ses hautes voiles. Il est inutile de compter sur le retour du vent pendant la nuit, et demain, sur cette mer si calme, ce trois-mâts sera nécessairement à cette place. Quant à l'*Ebba*, mue par son mystérieux propulseur, elle continue de s'en rapprocher.

Il va de soi que le capitaine Spade a commandé d'amener les voiles, et l'opération est exécutée, sous la direction du maître Effrondat, avec cette promptitude que l'on admire à bord des yachts de course.

Au moment où l'obscurité commence à se faire, les deux bâtiments ne sont plus qu'à un intervalle d'un mille et demi.

Le capitaine Spade se dirige alors vers moi, m'accoste près de la coupée de tribord, et, sans plus de cérémonie, m'enjoint de descendre dans ma cabine.

Je n'ai qu'à obéir. Cependant, avant de quitter le pont, j'observe que le maître d'équipage ne fait point allumer les feux de position, tandis que le trois-mâts a disposé les siens, — feu vert à tribord et feu rouge à bâbord.

Je ne mets pas en doute que la goélette ait l'intention de passer inaperçue dans les eaux de ce navire. Quant à sa marche, elle a été quelque peu ralentie, sans que sa direction se soit modifiée.

J'estime que, depuis la veille, l'*Ebba* a dû gagner deux cents milles vers l'est.

J'ai réintégré ma cabine sous l'impression d'une vague appréhension. Mon souper est déposé sur la table ; mais, inquiet je ne sais pourquoi, j'y touche à peine, et je me couche, attendant un sommeil qui ne veut pas venir.

Cet état de malaise se prolonge pendant deux heures. Le silence n'est troublé que par les frémissements de la goélette, le murmure de l'eau qui file sur le bordage, les légers à-coups que produit son déplacement à la surface de cette paisible mer.

Mon esprit, hanté des souvenirs de tout ce qui s'est accompli en ces deux dernières journées, n'a trouvé aucun apaisement. C'est demain, dans l'après-midi, que nous serons arrivés... C'est demain que mes fonctions devront reprendre à terre auprès de Thomas Roch, « si cela est nécessaire », a dit le comte d'Artigas.

La première fois que j'ai été enfermé à fond de cale, si je me suis aperçu que la goélette s'était mise en marche au large du Pam-

LE CAPITAINE SPADE A COMMANDÉ D'AMENER LES VOILES. (Page 88.)

plico-Sound, en ce moment, — il devait être environ dix heures,
— je sens qu'elle vient de s'arrêter.

Pourquoi cet arrêt?... Lorsque le capitaine Spade m'a ordonné de
quitter le pont, nous n'avions aucune terre en vue. En cette direction, les cartes n'indiquent que le groupe des Bermudes, et, à la
nuit tombante, il s'en fallait encore de cinquante à soixante milles
que les vigies eussent été en mesure de le signaler.

Du reste, non seulement la marche de l'*Ebba* est suspendue, mais
son immobilité est presque complète. A peine éprouve-t-elle un
faible balancement d'un bord sur l'autre, très doux, très égal. La
houle est peu sensible. Aucun souffle de vent ne se propage à la
surface de la mer.

Ma pensée se reporte alors sur ce navire de commerce que nous
avions à un mille et demi, lorsque j'ai regagné ma cabine. Si la
goélette a continué de se diriger vers lui, elle l'aura rejoint. Maintenant qu'elle est stationnaire, les deux bâtiments ne doivent plus
être qu'à une ou deux encablures l'un de l'autre. Ce trois-mâts,
encalminé déjà au coucher du soleil, n'a pu se déplacer vers
l'ouest. Il est là, et, si la nuit était claire, je l'apercevrais à travers
le hublot.

L'idée me vient qu'il se présente peut-être une occasion dont il
y aurait lieu de profiter. Pourquoi ne tenterais-pas de m'échapper,
puisque tout espoir de jamais recouvrer ma liberté m'est interdit?...
Je ne sais pas nager, il est vrai, mais, après m'être jeté à la mer avec
une des bouées du bord, me serait-il impossible d'atteindre le trois-
mâts, à la condition d'avoir su tromper la surveillance des matelots
de quart?...

Donc, en premier lieu, il s'agit de quitter ma cabine, de gravir
l'escalier du capot... Je n'entends aucun bruit dans le poste de
l'équipage ni sur le pont de l'*Ebba*... Les hommes doivent dormir à
cette heure... Essayons...

Lorsque je veux ouvrir la porte de ma cabine, je m'aperçois qu'elle
est fermée extérieurement, et cela était à prévoir.

12

Je dois abandonner ce projet qui, d'ailleurs, avait tant de chances d'insuccès contre lui !...

Le mieux serait de dormir, car je suis très fatigué d'esprit, si je ne le suis pas de corps. En proie à d'incessantes obsessions, à des associations d'idées contradictoires, si je pouvais les noyer dans le sommeil...

Il faut que j'y sois parvenu, puisque je viens d'être éveillé par un bruit — un bruit insolite, tel que je n'en ai point encore entendu à bord de la goélette.

Le jour commençait à blanchir la vitre de mon hublot tourné à l'est. Je consulte ma montre... Elle marque quatre heures et demie du matin.

Mon premier soin est de me demander si l'*Ebba* s'est remise en marche.

Non, certainement... ni avec sa voilure, ni avec son moteur. Certaines secousses se manifesteraient auxquelles je ne me tromperais pas. D'ailleurs, la mer paraît être aussi tranquille au lever du soleil qu'elle l'était la veille à son coucher. Si l'*Ebba* a navigué pendant les quelques heures que j'ai dormi, du moins est-elle immobile en ce moment.

Le bruit dont je parle provient de rapides allées et venues sur le pont, — des pas de gens lourdement chargés. En même temps, il me semble qu'un tumulte du même genre emplit la cale au-dessous du plancher de ma cabine, et à laquelle donne accès le grand panneau en arrière du mât de misaine. Je constate aussi que la goélette est frôlée extérieurement le long de ses flancs, dans la partie émergée de sa coque. Est-ce que des embarcations l'ont accostée ?... Les hommes sont-ils occupés à charger ou à décharger des marchandises ?...

Et, cependant, il n'est pas possible que nous soyons à destination. Le comte d'Artigas a dit que l'*Ebba* ne serait pas arrivée avant vingt-quatre heures. Or, je le répète, elle était hier soir à cinquante ou soixante milles des terres les plus rapprochées, le groupe des

Bermudes. Qu'elle soit revenue vers l'ouest, qu'elle se trouve à proximité de la côte américaine, c'est inadmissible, étant donnée la distance. Et puis, j'ai lieu de croire que la goélette est restée stationnaire durant toute la nuit. Avant de m'endormir, j'avais constaté qu'elle venait de s'arrêter. En cet instant, je constate qu'elle ne s'est pas remise en marche.

J'attends donc qu'il me soit permis de remonter sur le pont. La porte de ma cabine est toujours fermée en dehors, je viens de m'en assurer. Que l'on m'empêche d'en sortir, lorsqu'il fera grand jour, cela me paraît improbable.

Une heure s'écoule. La clarté matinale pénètre par le hublot. Je regarde au travers... Un léger brouillard couvre l'océan, mais il ne tardera pas à se fondre sous les premiers rayons solaires.

Comme ma vue peut s'étendre à la portée d'un demi-mille, si le trois-mâts n'est pas visible, cela doit tenir à ce qu'il stationne par bâbord de l'*Ebba* du côté que je ne puis apercevoir.

Voici qu'un bruit de grincement se fait entendre, et la clef joue dans la serrure. Je pousse la porte qui est ouverte, je gravis l'échelle de fer, je mets le pied sur le pont, au moment où les hommes referment le panneau de l'avant.

Je cherche le comte d'Artigas des yeux... Il n'est pas là et n'a point quitté sa cabine.

Le capitaine Spade et l'ingénieur Serkö surveillent l'arrimage de quelques ballots, qui, sans doute, viennent d'être retirés de la cale et transportés à l'arrière. Cette opération expliquerait les allées et venues bruyantes que j'ai entendues à mon réveil. Il est évident que si l'équipage s'occupe de remonter les marchandises, c'est que notre arrivée est prochaine...

Nous ne sommes plus éloignés du port, et peut-être la goélette y mouillera-t-elle dans quelques heures...

Eh bien... et le voilier qui était par notre hanche de bâbord?... Il doit être à la même place, puisque la brise n'a pas repris depuis la veille...

Mes regards se dirigent de ce côté...

Le trois-mâts a disparu, la mer est déserte, et il n'y a pas un navire au large, pas une voile à l'horizon, ni vers le nord ni vers le sud...

Après avoir réfléchi, voici la seule explication que je puisse me donner, bien qu'elle ne soit acceptable que sous réserves : quoique je ne m'en sois pas aperçu, l'*Ebba* se sera remise en route pendant que je dormais, laissant en arrière le trois-mâts encalminé, et c'est la raison pour laquelle je ne le vois plus par le travers de la goélette.

Du reste, je me garde bien d'aller interroger le capitaine Spade à ce sujet, ni même l'ingénieur Serkö : ils ne daigneraient point m'honorer d'une réponse.

A cet instant, d'ailleurs, le capitaine Spade se dirige vers l'appareil des signaux, et presse un des boutons de la plaque supérieure. Presque aussitôt l'*Ebba* éprouve une assez sensible secousse à l'avant. Puis, ses voiles toujours serrées, elle reprend son extraordinaire marche vers le levant.

Deux heures après, le comte d'Artigas apparaît à l'orifice du capot du rouffle et gagne sa place habituelle près du couronnement. L'ingénieur Serkö et le capitaine Spade vont aussitôt échanger quelques mots avec lui.

Tous trois braquent leurs lorgnettes marines et observent l'horizon du sud-est au nord-est.

On ne s'étonnera pas si mes regards se fixent obstinément dans cette direction. Mais, n'ayant pas de lorgnette, je n'ai rien pu distinguer au large.

Le repas de midi terminé, nous sommes remontés sur le pont, — tous à l'exception de Thomas Roch, qui n'est pas sorti de sa cabine.

Vers une heure et demie, la terre est signalée par un des matelots grimpé aux barres du mât de misaine. Étant donné que l'*Ebba* file avec une extrême vitesse, je ne tarderai pas à voir se dessiner les premiers contours d'un littoral.

En effet, deux heures après, une vague silhouette s'arrondit à moins de huit milles. A mesure que la goélette s'approche, les profils s'accusent plus nettement. Ce sont ceux d'une montagne, ou tout au moins d'une terre assez élevée. De son sommet s'échappe un panache qui se dresse vers le zenith.

Un volcan dans ces parages?... Alors ce serait donc...

VIII

BACK-CUP.

A mon avis, l'*Ebba* n'a pu rencontrer en cette partie de l'Atlantique d'autre groupe que celui des Bermudes. Cela résulte à la fois de la distance parcourue à partir de la côte américaine et de la direction suivie depuis la sortie du Pamplico-Sound. Cette direction a constamment été celle du sud-sud-est, et cette distance, en la rapprochant de la vitesse de marche, doit être approximativement évaluée entre neuf cents et mille kilomètres.

Cependant la goélette n'a pas ralenti sa rapide allure. Le comte d'Artigas et l'ingénieur Serkö se tiennent à l'arrière, près de l'homme de barre. Le capitaine Spade est venu se poster à l'avant.

Or, n'allons-nous pas dépasser cet îlot, qui paraît isolé, et le laisser dans l'ouest?...

Cé n'est pas probable, puisque nous sommes au jour et à l'heure indiqués pour l'arrivée de l'*Ebba* à son port d'attache...

En ce moment, tous les matelots sont rangés sur le pont, prêts à manœuvrer, et le maître d'équipage Effrondat prend ses dispositions pour un prochain mouillage.

Avant deux heures je saurai à uoi m'en tenir. Ce sera la **première** réponse faite à l'une des questions qui m'ont préoccupé dès que la goélette a donné en pleine mer.

Et pourtant, que le port d'attache de l'*Ebba* soit précisément situé en l'une des Bermudes, au milieu d'un archipel anglais, c'est invraisemblable, — à moins que le comte d'Artigas n'ait enlevé Thomas Roch au profit de la Grande-Bretagne, hypothèse à peu près inadmissible...

Ce qui n'est pas douteux, c'est que ce bizarre personnage m'observe, en ce moment, avec une persistance tout au moins singulière. Bien qu'il ne puisse soupçonner que je sois l'ingénieur Simon Hart, il doit se demander ce que je pense de cette aventure. Si le gardien Gaydon n'est qu'un pauvre diable, ce pauvre diable ne saurait être moins soucieux de ce qui l'attend que n'importe quel gentilhomme, — fût-ce le propriétaire de cet étrange yacht de plaisance. Aussi, suis-je un peu inquiet de l'insistance avec laquelle ce regard s'attache à ma personne.

Et si le comte d'Artigas avait pu deviner quel éclaircissement venait de se produire dans mon esprit, il ne m'est pas prouvé qu'il eût hésité à me faire jeter par-dessus le bord...

La prudence me commande donc d'être plus circonspect que jamais.

En effet, sans que j'aie pu donner prise à la suspicion, — même dans l'esprit de l'ingénieur Serkö, si subtil pourtant, — un coin du mystérieux voile s'est relevé. L'avenir s'est éclairé d'une légère lueur à mes yeux.

A l'approche de l'*Ebba*, les formes de cette île, ou mieux de cet ilot vers lequel elle se dirige, se sont dessinées avec plus de netteté sur le fond clair du ciel. Le soleil, qui a dépassé son point de culmination, le baigne en plein sur sa face du couchant. L'ilot est isolé, ou du moins, ni dans le nord ni dans le sud je n'aperçois de groupe auquel il appartiendrait. A mesure que la distance diminue, s'ouvre l'angle sous lequel il se présente, tandis que l'horizon s'abaisse derrière lui.

Cet îlot, de contexture curieuse, figure assez exactement une tasse renversée, du fond de laquelle s'échappe une montée de va- peur fuligineuse. Son sommet, — le fond de la tasse, si l'on veut, — doit s'élever d'une centaine de mètres au-dessus du niveau de la mer, et ses flancs présentent des talus d'une raideur régulière, qui paraissent aussi dénudés que les rochers de la base incessamment battus du ressac.

Mais une particularité de nature à rendre cet îlot très reconnais- sable aux navigateurs qui l'aperçoivent en venant de l'ouest, c'est une roche à jour. Cette arche naturelle semble former l'anse de ladite tasse, et livre passage aux tourbillonnants embruns des lames comme aux rayons du soleil, alors que son disque déborde l'horizon de l'est. Aperçu dans ces conditions, cet îlot justifie tout à fait le nom de Back-Cup qui lui a été attribué.

Eh bien, je le connais et je le reconnais, cet îlot! Il est situé en avant de l'archipel des Bermudes. C'est la « tasse renversée » que j'ai eu l'occasion de visiter il y a quelques années... Non! je ne me trompe pas!... A cette époque, mon pied a foulé ses roches calcaires et contourné sa base du côté de l'est... Oui... c'est Back-Cup...

Moins maître de moi, j'aurais laissé échapper une exclamation de surprise... et de satisfaction, dont, à bon droit, se fût préoccupé le comte d'Artigas.

Voici dans quelles circonstances je fus conduit à explorer l'îlot de Back-Cup, alors que je me trouvais aux Bermudes.

Cet archipel, situé à mille kilomètres environ de la Caroline du Nord, se compose de plusieurs centaines d'îles ou îlots. A sa partie centrale se croisent le soixante-quatrième méridien et le trente-deuxième pa- rallèle. Depuis le naufrage de l'Anglais Lomer, qui y fut jeté en 1609, les Bermudes appartiennent au Royaume-Uni, dont, en conséquence de ce fait, la population coloniale s'est accrue de dix mille habitants. Ce n'est pas pour ses productions en coton, café, indigo, arrow-root, que l'Angleterre voulut s'annexer ce groupe, l'accaparer, pourrait-on dire. Mais il y avait là une station maritime tout indiquée en cette

La terre est signalée par un des matelots grimpé aux barres... (Page 92)

portion de l'Océan, à proximité des États-Unis d'Amérique. La prise
de possession s'accomplit sans soulever aucune protestation de la
part des autres puissances, et les Bermudes sont actuellement admi-
nistrées par un gouverneur britannique, avec l'adjonction d'un
conseil et d'une assemblée générale.

Les principales îles de cet archipel s'appellent Saint-David, Som-
merset, Hamilton, Saint-Georges. Cette dernière île possède un port

Back-Cup, qui émerge tout d'un bloc... (Page 99.)

franc, et la ville, appelée du même nom, est aussi la capitale du groupe.

La plus étendue de ces iles ne dépasse pas vingt kilomètres en longueur sur quatre en largeur. Si l'on déduit les moyennes, il ne reste qu'une agglomération d'ilots et de récifs, répandus sur une aire de douze lieues carrées.

Que le climat des Bermudes soit très sain, très salubre, ces iles n'en sont pas moins effroyablement battues par les grandes tempêtes hivernales de l'Atlantique, et les abords offrent des difficultés aux navigateurs.

Ce qui fait surtout défaut à cet archipel, ce sont les rivières et les rios. Toutefois, comme les pluies y tombent fréquemment, on a remédié à ce manque d'eau en les recueillant pour les besoins des habitants et les exigences de la culture. Cela a nécessité la construction de vastes citernes que les averses se chargent de remplir avec une générosité inépuisable. Ces ouvrages méritent une juste admiration et font honneur au génie de l'homme.

C'était l'établissement de ces citernes qui avait motivé mon voyage à cette époque, et aussi la curiosité de visiter ce beau travail.

J'obtins de la société dont j'étais l'ingénieur dans le New-Jersey un congé de quelques semaines, je partis et m'embarquai à New-York pour les Bermudes.

Or, tandis que je séjournais à l'île Hamilton, dans le vaste port de Southampton, il se produisit un fait de nature à intéresser les géologues.

Un jour, on vit arriver toute une flottille de pêcheurs, hommes, femmes, enfants, à Southampton-Harbour.

Depuis une cinquantaine d'années, ces familles étaient installées sur la partie du littoral de Back-Cup exposée au levant. Des cabanes de bois, des maisons de pierre y avaient été construites. Les habitants demeuraient là dans des conditions très favorables pour exploiter ces eaux poissonneuses, — surtout en vue de la pêche des cachalots qui abondent sur les parages bermudiens pendant les mois de mars et d'avril.

Rien, jusqu'alors, n'était venu troubler ni la tranquillité ni l'industrie de ces pêcheurs. Ils ne se plaignaient pas de cette existence assez rude, adoucie d'ailleurs par la facilité des communications avec Hamilton et Saint-Georges. Leurs solides barques, gréées en cotres, exportaient le poisson et importaient, en échange, les divers objets de consommation nécessaires à l'entretien de la famille.

Pourquoi donc l'avaient-ils abandonné, cet îlot, et, ainsi qu'on ne tarda pas à l'apprendre, sans avoir l'intention d'y jamais revenir?... Cela tenait à ce que leur sécurité n'y était plus assurée comme autrefois.

Deux mois avant, les pêcheurs avaient été surpris d'abord, inquiétés ensuite, par de sourdes détonations qui se produisaient à l'intérieur de Back-Cup. En même temps, le sommet de l'îlot, — disons le fond de la tasse renversée, — se couronnait de vapeurs et de flammes. Or, que cet îlot fût d'origine volcanique, que son sommet formât un cratère, on ne le soupçonnait pas, car telle était l'inclinaison de ses pentes qu'il eût été impossible de les gravir. Mais il n'y avait plus à douter que Back-Cup fût un ancien volcan, qui menaçait le village d'une éruption prochaine.

Durant ces deux mois, il y eut redoublement de grondements internes, secousses assez sensibles de l'ossature de l'îlot, longs jets de flammes à sa cime, — la nuit surtout, — parfois détonations formidables, — autant de symptômes qui témoignaient d'un travail plutonien dans la substruction sous-marine, prodrômes non contestables d'un mouvement éruptif à court délai.

Les familles exposées à quelque imminente catastrophe sur cette marge littorale qui ne leur offrait aucun abri contre la coulée des laves, pouvant même craindre une complète destruction de Back-Cup, n'hésitèrent pas à le fuir. Tout ce qu'elles possédaient fut embarqué sur leurs chaloupes de pêche ; elles y prirent passage et vinrent se réfugier à Southampton-Harbour.

Aux Bermudes, on sentit un certain effroi à cette nouvelle qu'un volcan, endormi depuis des siècles, venait de se réveiller à l'extrémité occidentale du groupe. Mais, en même temps que la terreur des uns, la curiosité des autres se manifesta. Je fus de ces derniers. Il importait, au surplus, d'étudier le phénomène, de reconnaître si les pêcheurs n'en exagéraient pas les conséquences.

Back-Cup, qui émerge tout d'un bloc à l'ouest de l'archipel, s'y rattache par une capricieuse traînée de petits îlots et de récifs inabordables du côté de l'est. On ne l'aperçoit ni de Saint-Georges, ni

de Hamilton, son sommet ne dépassant pas l'altitude d'une centaine
de mètres.

Un cutter, parti de Southampton-Harbour, nous débarqua, quelques
explorateurs et moi, sur le rivage, où s'élevaient les cabanes aban-
données des pêcheurs bermudiens.

Les craquements intérieurs se faisaient toujours entendre, et une
gerbe de vapeurs s'échappait du cratère.

Il n'y eut aucun doute pour nous : l'ancien volcan de Back-Cup
s'était rallumé sous l'action des feux souterrains. On devait craindre
qu'une éruption se produisît avec toutes ses suites, un jour ou
l'autre.

En vain essayâmes-nous de monter jusqu'à l'orifice du volcan.
L'ascension était impossible sur ces pentes abruptes, lisses, glis-
santes, n'offrant prise ni au pied ni à la main, se profilant sous un
angle de soixante-quinze à quatre-vingts degrés. Jamais je n'avais
rien rencontré de plus aride que cette carapace rocheuse, sur laquelle
végétaient seulement de rares touffes de luzerne sauvage aux endroits
pourvus d'un peu d'humus.

Après maintes tentatives infructueuses, on essaya de faire le tour
de l'ilot. Mais, sauf en la partie où les pêcheurs avaient bâti leur
village, la base était impraticable au milieu des éboulis du nord, du
sud et de l'ouest.

La reconnaissance de l'ilot fut donc limitée à cette exploration
très insuffisante. En somme, à voir les fumées mêlées de flammes
qui fusaient hors du cratère, tandis que de sourds roulements,
parfois des détonations ébranlaient l'intérieur, on ne pouvait qu'approuver les pêcheurs d'avoir abandonné cet ilot, en prévision de sa
destruction prochaine.

Telles sont les circonstances dans lesquelles je fus amené à visiter
Back-Cup, et l'on ne s'étonnera pas si j'ai pu lui donner ce nom, dès
que sa bizarre structure s'était offerte à mes yeux.

Non ! je le répète, cela n'aurait pas été pour plaire au comte d'Artigas que le gardien Gaydon eût reconnu cet ilot, en admettant que

l'*Ebba* y dût relâcher, — ce qui, faute de port, me paraissait inadmissible.

A mesure que la goélette se rapproche, j'observe Back-Cup, où, depuis leur départ, aucun Bermudien n'a voulu retourner. Ce lieu de pêche est actuellement délaissé, et je ne puis m'expliquer que l'*Ebba* y vienne en relâche.

Peut-être, après tout, le comte d'Artigas et ses compagnons n'ont-ils pas l'intention de débarquer sur le littoral de Back-Cup? Même au cas où la goélette eût trouvé un abri temporaire entre les roches au fond d'une étroite crique, quelle apparence qu'un riche yachtman ait eu la pensée d'établir sa résidence sur ce cône aride, exposé aux terribles tempêtes de l'Ouest-Atlantique? Vivre en cet endroit, cela est bon pour de rustiques pêcheurs, non pour le comte d'Artigas, l'ingénieur Serkö, le capitaine Spade et son équipage.

Back-Cup n'est plus qu'à un demi-mille. Il n'a rien de l'aspect que présentent les autres îles de l'archipel sous la sombre verdure de leurs collines. A peine si, dans le pli de certaines anfractuosités, poussent quelques genévriers, et se dessinent de maigres échantillons de ces cedars qui constituent la principale richesse des Bermudes. Quant aux roches du soubassement, elles sont couvertes d'épaisses couches de varechs, sans cesse renouvelées par les apports de la houle, et aussi de végétaux filamenteux, ces sargasses innombrables de la mer de ce nom, entre les Canaries et les îles du Cap-Vert, et dont les courants jettent des quantités énormes sur les récifs de Back-Cup.

En ce qui concerne les seuls habitants de cet ilot désolé, ils se réduisent à quelques volatiles, des bouvreuils, des « mota cyllas cyalis » au plumage bleuâtre, tandis que, par myriades, les goélands et les mouettes traversent d'une aile rapide les vapeurs tourbillonnantes du cratère.

Quand elle n'est plus qu'à deux encablures, la goélette ralentit sa marche, stoppe, — c'est le mot propre, — à l'entrée d'une passe ménagée au milieu d'un semis de roches à fleur d'eau.

Je me demande si l'*Ebba* va se risquer à travers cette sinueuse passe...

Non, l'hypothèse la plus acceptable, c'est que, après une relâche de quelques heures, — et encore ne devinai-je pas à quel propos, — elle reprendra sa route vers l'est.

Ce qui est certain, c'est que je ne vois faire aucun préparatif de mouillage. Les ancres restent aux bossoirs, les chaînes ne sont point parées, l'équipage ne se dispose aucunement à mettre les canots à la mer.

En ce moment, le comte d'Artigas, l'ingénieur Serkö, le capitaine Spade vont se placer à l'avant, et alors se fait une manœuvre qui est inexplicable pour moi.

Ayant suivi le bastingage de bâbord, presque à la hauteur du mât de misaine, j'aperçois une petite bouée flottante qu'un des matelots s'occupe de hisser sur l'avant.

Presque aussitôt, l'eau, qui est très claire en cet endroit, s'assombrit, et il me semble voir une sorte de masse noire monter du fond. Est-ce donc un énorme cachalot qui vient respirer à la surface de la mer?... L'*Ebba* est-elle menacée de quelque coup de queue formidable?...

J'ai tout compris... Je sais à quel engin la goëlette doit de se mouvoir avec cette extraordinaire vitesse, sans voiles ni hélice... Le voici qui émerge, son infatigable propulseur, après l'avoir entraînée depuis le littoral américain jusqu'à l'archipel des Bermudes... Il est là, flottant à son côté... C'est un bateau submersible, un remorqueur sous-marin, un « tug », mû par une hélice, sous l'action du courant d'une batterie d'accumulateurs ou des puissantes piles en usage à cette époque...

A la partie supérieure de ce tug, — long fuseau de tôle, — s'étend une plate-forme, au centre de laquelle un panneau établit la communication avec l'intérieur. A l'avant de cette plate-forme saillit un périscope, un « look - out », sorte d'habitacle dont les parois, percées de hublots à verres lenticulaires, permettent d'éclairer électriquement les couches sous-marines. Maintenant, allégé de son lest d'eau, le tug est revenu à la surface. Son panneau supérieur va s'ouvrir — un air pur le pénétrera tout entier. Et même, ne peut-on supposer que, s'il est immergé pendant le jour, il émerge la nuit et remorque l'*Ebba* en restant à la surface de la mer ?...

Une question, cependant. Si c'est l'électricité qui produit la force mécanique de ce tug, il est indispensable qu'une fabrique d'énergie la lui fournisse, quelle que soit son origine. Or, cette fabrique, où se trouve-t-elle ?... Ce n'est pas sur l'îlot de Back-Cup, je suppose...

Et puis, pourquoi la goélette recourt-elle à ce genre de remorqueur qui se meut sous les eaux ?... Pourquoi n'a-t-elle pas en elle-même sa puissance de locomotion, comme tant d'autres yachts de plaisance ?...

Mais je n'ai pas, en cet instant, le loisir de me livrer à de telles réflexions, ou plutôt de chercher l'explication de tant d'inexplicables choses.

Le tug est le long de l'*Ebba*. Le panneau vient de s'ouvrir. Plusieurs hommes ont apparu sur la plate-forme, — l'équipage de ce bateau sous-marin avec lequel le capitaine Spade peut communiquer au moyen des signaux électriques disposés sur l'avant de la goélette, et qu'un fil relie au tug. C'est de l'*Ebba*, en effet, que partent les indications sur la direction à suivre.

L'ingénieur Serkö s'approche alors de moi, et il me dit ce seul mot :

« Embarquons.

— Embarquer ?... ai-je répliqué.

— Oui... dans le tug... vite ! »

Comme toujours, je n'ai qu'à obéir à ces paroles impératives, et je me hâte d'enjamber les bastingages.

En ce moment, Thomas Roch remonte sur le pont, accompagné de l'un des hommes. Il me paraît très calme, très indifférent aussi, et n'oppose aucune résistance à son passage à bord du remorqueur.

Le panneau vient de s'ouvrir. (Page 103.)

Lorsqu'il est près de moi à l'orifice du panneau, le comte d'Artigas et l'ingénieur Serkö nous rejoignent.

Quant au capitaine Spade et à l'équipage, ils demeurent sur la goélette, — moins quatre hommes qui descendent dans le petit canot, lequel vient d'être mis à la mer. Ces hommes emportent une longue aussière, probablement destinée à touer l'*Ebba* à travers les récifs. Existe-t-il donc, au milieu de ces roches, une crique où le yacht du

L'équipage toue lentement la goélette. (Page 105.)

comte d'Artigas trouve un sûr abri contre les houles du large ?...
Est-ce là son port d'attache ?...

L'*Ebba* séparée du tug, l'aussière qui la relie au canot se tend,
et, une demi-encablure plus loin, des matelots vont l'amarrer sur des
organeaux de fer fixés aux récifs. Alors l'équipage, halant dessus,
toue lentement la goélette.

Cinq minutes après, l'*Ebba* a disparu derrière l'amoncellement des roches, et il est certain que, du large, on ne peut même pas apercevoir l'extrémité de sa mâture.

Qui se douterait, aux Bermudes, qu'un navire vient d'habitude relâcher en cette crique secrète?... Qui se douterait, en Amérique, que le riche yachtman, si connu dans tous les ports de l'ouest, est l'hôte des solitudes de Back-Cup?...

Vingt minutes plus tard, le canot revient vers le tug, ramenant les quatre hommes.

Il est clair que le bateau sous-marin les attendait avant de repartir... pour aller... où?...

En effet, l'équipage au complet passe sur la plate-forme, le canot est mis à la traîne, un mouvement se produit, l'hélice bat à petits tours, et, à la surface des eaux, le tug se dirige vers Back-Cup, en contournant les récifs par le sud.

A trois encablures de là se dessine une seconde passe qui aboutit à l'îlot, et dont le tug suit les sinuosités. Dès qu'il accoste les premières assises de la base, l'ordre est donné à deux hommes de tirer le canot sur une étroite grève de sable que ne peuvent atteindre ni la houle ni le ressac, et où il est aisé de venir le reprendre, lorsque recommencent les campagnes de l'*Ebba*.

Cela fait, ces deux matelots remontent à bord du tug, et l'ingénieur Serkö me fait signe de descendre à l'intérieur.

Quelques marches d'un escalier de fer accèdent à une salle centrale, où sont entassés divers colis et ballots qui, sans doute, n'ont pu trouver place dans la cale déjà encombrée. Je suis poussé vers une cabine latérale, la porte se referme, et me voici de nouveau plongé au milieu d'une obscurité profonde.

Je l'ai reconnue, cette cabine, au moment où j'y suis entré. C'est bien celle où j'ai passé de si longues heures, après l'enlèvement de Healthful-House, et dont je ne suis sorti qu'au large du Pamplico-Sound.

Il est évident qu'il doit en être de Thomas Roch comme de moi, qu'il est chambré dans un autre compartiment.

Un bruit sonore se produit — le bruit du panneau qui se referme, et l'appareil ne tarde pas à s'immerger.

En effet, je sens un mouvement descensionnel, dû à l'introduction de l'eau dans les caissons du tug.

A ce mouvement en succède un autre, — un mouvement qui pousse le bateau sous-marin à travers les couches liquides.

Trois minutes plus tard, il stoppe, et j'ai l'impression que nous remontons à la surface...

Nouveau bruit du panneau, qui se rouvre cette fois.

La porte de ma cabine me livre passage, et, en quelques bonds, me voici sur la plate-forme.

Je regarde...

Le tug vient de pénétrer à l'intérieur même de l'ilot de Back-Cup.

Là est cette mystérieuse retraite, où le comte d'Artigas vit avec ses compagnons, — pour ainsi dire — en dehors de l'humanité !

IX

DEDANS.

Le lendemain, sans que personne m'ait empêché d'aller et de venir, j'ai pu opérer une première reconnaissance à travers la vaste caverne de Back-Cup.

Quelle nuit j'ai passée sous l'empire de visions étranges, et avec quelle impatience j'attendais le jour !

On m'avait conduit au fond d'une grotte, à une centaine de pas de la berge près de laquelle s'était arrêté le tug. A cette grotte, de dix pieds sur douze, qu'éclairait une ampoule à incandescence, on accédait par une porte qui fut refermée derrière moi.

Je n'ai pas à m'étonner que l'électricité soit employée comme agent lumineux à l'intérieur de cette caverne, puisqu'elle l'est également à bord du remorqueur sous-marin. Mais où la fabrique-t-on?... D'où vient-elle?... Est-ce qu'une usine est installée à l'intérieur de cette énorme crypte, avec sa machinerie, ses dynamos, ses accumulateurs?...

Ma cellule est meublée d'une table sur laquelle des aliments sont déposés, d'un cadre et de sa literie, d'un fauteuil d'osier, d'une armoire contenant du linge et divers vêtements de rechange. Dans le tiroir de la table, du papier, un encrier, des plumes. Au coin de droite, une toilette garnie de ses ustensiles. Le tout très propre.

Du poisson frais, des conserves de viande, du pain de bonne qualité, de l'ale et du wisky, voilà le menu de ce premier repas. Je n'ai mangé que du bout des lèvres, — à mi-dents comme on dit, — tant je me sens énervé.

Il faudra pourtant que je me ressaisisse, que je revienne au calme de l'esprit et du cœur, que le moral reprenne le dessus. Le secret de cette poignée d'hommes, enfouis dans les entrailles de cet îlot, je veux le découvrir... je le découvrirai...

Ainsi, c'est sous la carapace de Back-Cup que le comte d'Artigas est venu s'établir. Cette cavité dont personne ne soupçonne l'existence, lui sert de demeure habituelle, lorsque l'*Ebba* ne le promène pas le long du littoral du nouveau monde et peut-être jusqu'aux parages de l'ancien. Là est la retraite inconnue qu'il a découverte, et où l'on accède par cette entrée sous-marine, cette porte d'eau, qui s'ouvre à douze ou quinze pieds au-dessous de la surface océanique.

Pourquoi s'être séparé des habitants de la terre?... Que trouverait-on dans le passé de ce personnage?... Si ce nom d'Artigas, ce titre de comte, ne sont qu'empruntés, comme je l'imagine, quel motif cet homme a-t-il eu de cacher son identité?... Est-il un banni, un proscrit, qui a préféré ce lieu d'exil à tout autre?... N'ai-je pas plutôt affaire à un malfaiteur, soucieux d'assurer l'impunité de ses crimes, l'inanité des poursuites judiciaires, en se terrant au fond de cette substruction indécouvrable?... Mon droit est de tout supposer, quand il s'agit de cet étranger suspect, et je suppose tout.

Alors revient à mon esprit cette question à laquelle je ne puis encore trouver une réponse satisfaisante. Pourquoi Thomas Roch a-t-il été enlevé de Healthful-House dans les conditions que l'on sait?... Le comte d'Artigas espère-t-il lui arracher le secret de son Fulgurateur, l'utiliser pour défendre Back-Cup, au cas qu'un hasard trahirait le lieu de sa retraite?... Mais, si cela arrivait, on saurait bien réduire par la famine l'îlot de Back-Cup, que le tug ne suffirait pas à ravitailler!... La goélette, d'autre part, n'aurait plus aucune chance de franchir la ligne d'investissement, et, d'ailleurs, elle serait signalée dans tous les ports!... Dès lors, à quoi pourrait servir l'invention de Thomas Roch entre les mains du comte d'Artigas?... Décidément, je ne comprends pas!

Vers sept heures du matin, je saute hors de mon lit. Si je suis emprisonné entre les parois de cette caverne, du moins ne le suis-je pas à l'intérieur de ma cellule. Rien ne m'empêche de la quitter, et j'en sors...

A trente mètres en avant se prolonge un entablement rocheux, une sorte de quai, qui se développe à droite et à gauche.

Plusieurs matelots de l'*Ebba* sont occupés à débarquer les ballots, à vider la cale du tug, lequel stationne à fleur d'eau le long d'une petite jetée de pierre.

Un demi-jour, auquel mes yeux s'habituent graduellement, éclaire la caverne, qui est ouverte à la partie centrale de sa voûte.

« C'est par là, me dis-je, que s'échappaient ces vapeurs, ou plutôt cette fumée, qui nous a signalé l'îlot à une distance de trois ou quatre milles. »

Et, à l'instant même, toute cette série de réflexions me traverse l'esprit.

« Ce n'est donc pas un volcan, comme on l'a cru, ce Back-Cup, comme je l'ai cru moi-même... Les vapeurs, les flammes qui ont été aperçues, il y a quelques années, n'étaient qu'artificielles... Les

grondements qui épouvantèrent les pêcheurs bermudiens n'avaient
point pour cause une lutte des forces souterraines... Ces divers phé-
nomènes étaient factices... Ils se manifestaient à la seule volonté
du maître de cet îlot, de celui qui voulait en éloigner les habitants
installés sur son littoral... Et il y a réussi, ce comte d'Artigas... Il
est resté l'unique maître de Back-Cup... Rien qu'avec le bruit
des détonations, rien qu'en dirigeant vers ce faux cratère la fumée
de ces varechs et des sargasses que les courants lui apportent, il a
pu laisser croire à l'existence d'un volcan, à son réveil inattendu,
à l'imminence d'une éruption qui ne s'est jamais produite!... »

Telles les choses ont dû se passer, et, en effet, depuis le départ
des pêcheurs bermudiens, Back-Cup n'a cessé d'entretenir d'épaisses
volutes de fumées à sa cime.

Cependant la clarté interne s'accroît, le jour pénètre par le faux
cratère, à mesure que le soleil monte sur l'horizon. Il me sera donc
possible d'évaluer d'une manière assez précise les dimensions de
cette caverne. Voici, d'ailleurs, les chiffres que j'ai pu établir par la
suite.

Extérieurement, l'îlot de Back-Cup, de forme à peu près circulaire,
mesure douze cents mètres de circonférence et présente une superficie intérieure de cinquante mille mètres ou cinq hectares. Ses
parois ont, à leur base, une épaisseur qui varie entre trente et cent
mètres.

Il suit de là que, moins l'épaisseur des parois, cette excavation
occupe tout le massif de Back-Cup qui s'élève au-dessus de la mer.
Quant à la longueur du tunnel sous-marin, qui met le dehors et le
dedans en communication, et par lequel a pénétré le tug, j'estime
qu'elle doit être de quarante mètres à peu près.

Ces chiffres approximatifs permettent de se représenter la grandeur de cette caverne. Mais, si vaste qu'elle soit, je rappellerai que
l'ancien et le nouveau monde en possèdent quelques-unes dont les
dimensions sont plus considérables et qui ont été l'objet d'études
spéléologiques très exactes.

En effet, dans la Carniole, dans le Northumberland, dans le Derby-
shire, au Piémont, en Morée, aux Baléares, en Hongrie, en Californie,
se creusent des grottes d'une capacité supérieure à celle de Back-
Cup. Telles aussi celle de Han-sur-Lesse, en Belgique, aux États-
Unis, celles de Mammouth du Kentucky, qui ne comprennent pas
moins de deux cent vingt-six dômes, sept rivières, huit cataractes,
trente-deux puits d'une profondeur ignorée, une mer intérieure sur
une étendue de cinq à six lieues, dont les explorateurs n'ont encore
pu atteindre l'extrême limite.

Je connais ces grottes du Kentucky pour les avoir visitées, comme
l'ont fait des milliers de touristes. La principale me servira de terme
de comparaison avec Back-Cup. A Mammouth, comme ici, la voûte
est supportée par des piliers de formes et de hauteurs diverses, qui
lui donnent l'aspect d'une cathédrale gothique, avec nefs, contre-
nefs, bas-côtés, n'ayant rien, d'ailleurs, de la régularité architecto-
nique des édifices religieux. La seule différence est que, si le plafond
des grottes du Kentucky se déploie à cent trente mètres de hauteur,
celui de Back-Cup ne dépasse pas une soixantaine de mètres à la
partie de la voûte que troue circulairement l'ouverture centrale, —
par laquelle s'échappaient les fumées et les flammes.

Autre particularité, — très importante, — qu'il convient d'indiquer, c'est que la plupart des grottes dont j'ai cité les noms sont
aisément accessibles et devaient par conséquent être découvertes un
jour ou l'autre.

Or, il n'en est pas ainsi de Back-Cup. Indiqué sur les cartes de
ces parages comme un îlot du groupe des Bermudes, comment se
fût-on douté qu'une énorme caverne s'évidait à l'intérieur de son
massif. Pour le savoir, il fallait y pénétrer, et, pour y pénétrer, il
fallait disposer d'un appareil sous-marin, analogue au tug que possédait le comte d'Artigas.

Et, à mon avis, c'est au hasard seul que cet étrange yachtman
aura dû de découvrir ce tunnel, qui lui a permis de fonder cette
inquiétante colonie de Back-Cup.

Plusieurs matelots occupés à débarquer les ballots. (Page 109.)

Maintenant, en me livrant à l'examen de la portion de mer contenue entre les parois de cette caverne, je constate que ses dimensions sont assez restreintes. A peine mesure-t-elle de trois cents à trois cent cinquante mètres de circonférence. Ce n'est, à vrai dire, qu'un lagon, encadré de rochers à pic, très suffisant pour les manœuvres du tug, car sa profondeur, ainsi que je l'ai appris, n'est pas inférieure à quarante mètres.

Ces gens ne font aucune attention à moi. (Page 110.)

Il va de soi que cette crypte, étant données sa situation et sa structure, appartient à la catégorie de celles qui sont dues à l'envahisse-
ment des eaux de la mer. A la fois d'origine neptunienne et plu-
tonienne, telles se voient les grottes de Crozon et de Morgate sur la
baie de Douarnenez en France, de Bonifacio sur le littoral de la
Corse, telle celle de Thorgatten sur la côte de Norvège, dont la
hauteur n'est pas estimée à moins de cinq cents mètres, telles enfin

les catavôtres de la Grèce, les grottes de Gibraltar en Espagne, de
Tourane en Cochinchine. En somme, la nature de leur carapace
indique qu'elles sont le produit de ce double travail géologique.

L'îlot de Back-Cup est en grande partie formé de roches calcaires.
A partir de la berge du lagon, ces roches remontent vers les parois,
en talus à pentes douces, laissant entre elles des tapis sablonneux
d'un grain très menu, agrémentés çà et là des jaunâtres bouquets
durs et serrés du perce-pierre. Puis, par épaisses couches, s'étalent
des amas de varechs et de sargasses, les uns très secs, les autres
mouillés, exhalant encore les âcres senteurs marines, alors que le
flux, après les avoir poussés à travers le tunnel, vient de les jeter
sur les rives du lagon. Ce n'est pas là, d'ailleurs, le seul combus-
tible employé aux multiples besoins de Back-Cup. J'aperçois un
énorme stock de houille, qui a dû être rapporté par le tug et la
goélette. Mais, je le répète, c'est de l'incinération de ces masses
herbeuses, préalablement desséchées, que provenaient les fumées
vomies par le cratère de l'îlot.

En continuant ma promenade, je distingue sur le côté septen-
trional du lagon les habitations de cette colonie de troglodytes, —
ne méritent-ils pas ce nom? Cette partie de la caverne, qui est appelée Bee-Hive, c'est-à-dire « la Ruche », justifie pleinement cette
qualification. En effet, là sont creusées de main d'homme plusieurs
rangées d'alvéoles, dans le massif calcaire des parois, et dans lesquelles demeurent ces guêpes humaines.

Vers l'est, la disposition de la caverne est très différente. De ce
côté, se profilent, se dressent, se multiplient, se contournent, des
centaines de piliers naturels, qui soutiennent l'intrados de la voûte.
Une véritable forêt d'arbres de pierre, dont la superficie s'étend jusqu'aux extrêmes limites de la caverne. A travers ces piliers s'entre-
croisent des sentiers sinueux, qui permettent d'atteindre le fond de
Back-Cup.

A compter les alvéoles de Bee-Hive, on peut chiffrer de quatre-
vingts à cent le nombre des compagnons du comte d'Artigas.

Précisément, devant l'une de ces cellules, isolée des autres, se tient ce personnage que le capitaine Spade et l'ingénieur Serkö ont rejoint depuis un instant. A la suite de quelques mots échangés, ils descendent tous les trois vers la berge et s'arrêtent devant la jetée près de laquelle flotte le tug.

A cette heure, une douzaine d'hommes, après avoir débarqué les marchandises, les transportent en canot sur l'autre rive où de larges réduits, évidés dans le massif latéral, forment les entrepôts de Back-Cup.

Quant à l'orifice du tunnel sous les eaux du lagon, il n'est pas visible. J'ai observé, en effet, que, pour y pénétrer en venant du large, le remorqueur a dû s'enfoncer de quelques mètres au-dessous de la surface de l'eau. Il n'en est donc pas de la grotte de Back-Cup comme des grottes de Staffa ou de Morgate, dont l'entrée est toujours libre même à l'époque des hautes marées. Existe-t-il un autre passage communiquant avec le littoral, un couloir naturel ou artificiel?... Il importe que je sois fixé à ce sujet.

En réalité, l'îlot de Back-Cup mérite son nom. C'est bien une énorme tasse renversée. Non seulement il en affecte la forme extérieure, mais — ce qu'on ignorait — il en reproduit aussi la forme intérieure.

J'ai dit que Bee-Hive occupe la partie de la caverne qui s'arrondit au nord du lagon, c'est-à-dire la gauche en pénétrant par le tunnel. A l'opposé sont établis les magasins, où s'entreposent les approvisionnements de toutes sortes, ballots de marchandises, pièces de vin et d'eau-de-vie, barils de bière, caisses de conserves, colis multiples désignés par des marques de diverses provenances. On dirait que les cargaisons de vingt navires ont été débarquées en cet endroit. Un peu plus loin s'élève une assez importante construction, entourée d'un mur de planches, dont la destination est aisée à reconnaître. D'un poteau qui la domine, partent les gros fils de cuivre qui alimentent de leur courant les puissantes lampes électriques suspendues sous la voûte et les ampoules à incandescence servant à chaque alvéole de la ruche. Il y a même bon nombre de ces appareils d'éclairage, installés entre les piliers de la caverne, qui permettent de l'éclairer jusqu'à son extrême profondeur.

A présent se pose cette question : Me laissera-t-on aller librement à l'intérieur de Back-Cup?... Je l'espère. Pourquoi le comte d'Artigas prétendrait-il entraver ma liberté, m'interdire de circuler à travers son mystérieux domaine?... Ne suis-je pas enfermé entre les parois de cet îlot... Est-il possible d'en sortir autrement que par le tunnel?... Or, comment franchir cette porte d'eau, qui est toujours close?...

Et puis, pour ce qui me concerne, en admettant que j'eusse pu traverser le tunnel, est-ce que ma disparition tarderait à être constatée?... Le tug conduirait, une douzaine d'hommes sur le littoral, qui serait fouillé jusque dans ses plus secrètes anfractuosités... Je serais inévitablement repris, ramené à Bee-Hive, et, cette fois, privé de la liberté d'aller et venir...

Je dois donc rejeter toute idée de fuite, tant que je n'aurai pu mettre de mon côté quelque sérieuse chance de succès. Qu'une circonstance favorable se présente, je ne la laisserai pas échapper.

En circulant le long des rangées d'alvéoles, il m'a été permis d'observer quelques-uns de ces compagnons du comte d'Artigas, qui ont accepté cette monotone existence dans les profondeurs de Back-Cup. Je le répète, leur nombre peut être évalué à une centaine, d'après celui des cellules de Bee-Hive.

Lorsque je passe, ces gens ne font aucune attention à moi. A les examiner de près, ils me paraissent s'être recrutés d'un peu partout. Entre eux, je ne distingue aucune communauté d'origine, — pas même ce lien qui en ferait soit des Américains du Nord, soit des Européens, soit des Asiatiques. La coloration de leur peau va du blanc au cuivre et au noir, — le noir de l'Australasie plutôt que celui de l'Afrique. En résumé, ils semblent pour la plupart appartenir aux races malaises, et ce type est même très reconnaissable chez le plus grand nombre. J'ajoute que le comte d'Artigas est certainement

sorti de cette spéciale race des îles néerlandaises de l'Ouest-Pacifique, alors que l'ingénieur Serkö serait Levantin, le capitaine Spade
d'origine italienne.

Mais, si ces habitants de Back-Cup ne sont pas reliés par un lien
de race, ils le sont certainement par celui des instincts et des ap-
pétits. Quelles inquiétantes physionomies, quelles figures farouches,
quels types foncièrement sauvages ! Ce sont des natures violentes, cela
se voit, qui n'ont jamais su refréner leurs passions ni reculer devant
aucun excès. Et, — cette idée me vient, — pourquoi ne serait-ce pas
à la suite d'une longue série de crimes, vols, incendies, meurtres,
attentats de toutes sortes exercés en commun, qu'ils auraient eu la
pensée de se réfugier au fond de cette caverne, où ils peuvent se
croire assurés d'une absolue impunité?... Le comte d'Artigas ne serait plus alors que le chef d'une bande de malfaiteurs, avec ses deux
lieutenants Spade et Serkö, et Back-Cup un repaire de pirates...

Telle est la pensée qui s'est décidément incrustée en mon
cerveau. Je serai bien surpris si l'avenir démontre que je me suis
trompé. D'ailleurs, ce que je remarque au cours de cette première
exploration est fait pour confirmer mon opinion, et autoriser les plus
suspectes hypothèses.

Dans tous les cas, quels qu'ils soient et quelles que soient les circonstances qui les ont réunis en ce lieu, les compagnons du comte
d'Artigas me paraissent avoir accepté sans réserve sa toute-puissante
domination. En revanche, si une sévère discipline les maintient sous
sa main de fer, il est probable que certains avantages doivent com-
penser cette espèce de servitude à laquelle ils ont consenti... Lesquels?...

Après avoir contourné la partie de la berge sous laquelle débouche
le tunnel, j'atteins la rive opposée du lagon. Ainsi que je l'ai reconnu déjà, sur cette rive est établi l'entrepôt des marchandises
apportées par la goélette *Ebba* à chacun de ses voyages. De vastes
excavations, creusées dans les parois, peuvent contenir et contiennent un nombre considérable de ballots.

Au delà se trouve la fabrique d'énergie électrique. En passant devant les fenêtres, j'aperçois certains appareils, d'invention récente, peu encombrants et très perfectionnés. Point de ces machines à vapeur, qui nécessitent l'emploi de la houille et exigent un mécanisme compliqué. Non, ainsi que je l'avais pressenti, ce sont des piles d'une extraordinaire puissance, qui fournissent le courant aux lampes de la caverne comme aux dynamos du tug. Sans doute aussi, ce courant sert aux divers usages domestiques, au chauffage de Bee-Hive, à la cuisson des aliments. Ce que je constate, c'est qu'il est appliqué, dans une cavité voisine, aux alambics qui servent à la production de l'eau douce. Les colons de Back-Cup n'en sont pas réduits à recueillir pour leur boisson les pluies abondamment versées sur le littoral de l'îlot. A quelques pas de la fabrique d'énergie électrique s'arrondit une large citerne que je puis comparer, toute proportion gardée, à celles que ²'avais visitées aux Bermudes. Là, il s'agissait de pourvoir aux besoins d'une population de dix mille habitants... ici d'une centaine de...

Je ne sais encore comment les qualifier. Que leur chef et eux aient eu de sérieuses raisons pour habiter dans les entrailles de cet îlot, cela est l'évidence même, mais quelles sont-elles?... Lorsque des religieux s'enferment entre les murs de leur couvent avec l'intention de se séparer du reste des humains, cela s'explique. A vrai dire, ils n'ont l'air ni de bénédictins ni de chartreux, les sujets du comte d'Artigas!

En poursuivant ma promenade à travers la forêt de piliers, je suis arrivé à l'extrême limite de la caverne. Personne ne m'a gêné, personne ne m'a parlé, personne n'a même paru s'inquiéter de mon individu. Cette portion de Back-Cup est extrêmement curieuse, comparable à ce qu'offrent de plus merveilleux les grottes du Kentucky ou des Baléares. Il va de soi que le travail de l'homme ne se montre nulle part. Seul apparaît le travail de la nature, et ce n'est pas sans un certain étonnement, mêlé d'effroi, que l'on songe à ces forces telluriques, qui sont capables d'engendrer de si prodigieuses substructions. La partie située au delà du lagon ne reçoit que très obliquement les rayons lumineux du cratère central. Le soir, éclairée de lampes électriques, elle doit prendre un aspect fantastique. En aucun endroit, malgré mes recherches, je n'ai trouvé d'issue communiquant avec l'extérieur.

A noter que l'îlot offre asile à de nombreux couples d'oiseaux, goélands, mouettes, hirondelles de mer, — hôtes habituels des plages bermudiennes. Ici, semble-t-il, on ne leur a jamais donné la chasse, on les laisse se multiplier à loisir, et ils ne s'effraient pas du voisinage de l'homme.

Au surplus, Back-Cup possède également d'autres animaux que ces volatiles d'essence marine. Du côté de Bee-Hive sont ménagés des enclos destinés aux vaches, aux porcs, aux moutons, aux volailles. L'alimentation est donc non moins assurée que variée, grâce, également, aux produits de la pêche, soit entre les récifs du dehors, soit dans les eaux du lagon, où abondent des poissons d'espèces très variées.

En somme, pour se convaincre que les hôtes de Back-Cup ne manquent d'aucune ressource, il suffit de les regarder. Ce sont tous gens vigoureux, robustes types de marins cuits et recuits sous le hâle des chaudes latitudes, au sang riche et suroxygéné par les brises de l'Océan. Il n'y a ni enfants ni vieillards, — rien que des hommes dont l'âge est compris entre trente et cinquante ans.

Mais pourquoi ont-ils accepté de se soumettre à ce genre d'existence ?... Et puis, ne quittent-ils donc jamais cette retraite de Back-Cup ?...

Peut-être ne tarderai-je pas à l'apprendre.

X

KER KARRAJE.

L'alvéole que j'occupe est située à une centaine de pas de l'habitation du comte d'Artigas, l'une des dernières de cette rangée de Bee-Hive. Si je ne dois pas la partager avec Thomas Roch, je pense du moins qu'elle se trouve voisine de la sienne? Pour que le gardien Gaydon puisse continuer ses soins au pensionnaire de Healthful-House, il faut que les deux cellules soient contiguës... Je serai, j'imagine, bientôt fixé à cet égard.

Le capitaine Spade et l'ingénieur Serkö demeurent séparément à proximité de l'hôtel d'Artigas.

Un hôtel?... Oui, pourquoi ne point lui donner ce nom, puisque cette habitation a été arrangée avec un certain art? Des mains habiles ont taillé la roche, de manière à figurer une façade ornementale. Une large porte y donne accès. Le jour pénètre par plusieurs fenêtres, percées dans le calcaire, et que ferment des châssis à carreaux de couleurs. L'intérieur comprend diverses chambres, une salle à manger et un salon éclairés par un vitrail, — le tout aménagé de manière que l'aération s'opère dans des conditions parfaites. Les meubles sont d'origines différentes, de formes très fantaisistes, avec les marques de fabrication française, anglaise, américaine. Évidemment leur propriétaire tient à la variété des styles. Quant à l'office et à la cuisine, on les a disposées dans des cellules annexes, en arrière de Bee-Hive.

L'après-midi, au moment où je sortais avec la ferme intention « d'obtenir une audience » du comte d'Artigas, j'aperçois ce person-

« QUE SAINT JONATHAN VOUS PROTÈGE! » (Page 122.)

nage alors qu'il remontait des rives du lagon vers la ruche. Soit qu'il ne m'ait point vu, soit qu'il ait voulu m'éviter, il a hâté le pas, et je n'ai pu le rejoindre.

« Il faut pourtant qu'il me reçoive ! » me suis-je dit.

Je me hâte et m'arrête devant la porte de l'habitation qui venait de se refermer.

Une espèce de grand diable, d'origine malaise, très foncé de couleur, paraît aussitôt sur le seuil. D'une voix rude, il me signifie de m'éloigner.

Je résiste à cette injonction, et j'insiste, en répétant par deux fois cette phrase en bon anglais :

« Prévenez le comte d'Artigas que je désire être reçu à l'instant même. »

Autant eût valu m'adresser aux roches de Back-Cup! Ce sauvage ne comprend sans doute pas un mot de la langue anglaise et ne me répond que par un cri menaçant.

L'idée me prend alors de forcer la porte, d'appeler de façon à être entendu du comte d'Artigas. Mais, selon toute probabilité, cela n'aurait d'autre résultat que de provoquer la colère du Malais, dont la force doit être herculéenne.

Je remets à un autre moment l'explication qui m'est due, — que j'aurai tôt ou tard.

En longeant la rangée de Bee-Hive dans la direction de l'est, ma pensée s'est reportée sur Thomas Roch. Je suis très surpris de ne pas l'avoir encore aperçu pendant cette première journée. Est-ce qu'il serait en proie à une nouvelle crise ?...

Cette hypothèse n'est guère admissible. Le comte d'Artigas, — à s'en rapporter à ce qu'il m'a dit, — aurait eu soin de mander près de l'inventeur son gardien Gaydon.

A peine ai-je fait une centaine de pas que je rencontre l'ingénieur Serkö.

De manières engageantes, de bonne humeur comme à l'habitude, cet ironiste sourit en m'apercevant, et ne cherche point à m'éviter,

S'il savait que je suis un confrère, un ingénieur, — en admettant qu'il le soit, — peut-être me ferait-il meilleur accueil?... Mais je me garderai bien de lui décliner mes noms et qualités.

L'ingénieur Serkö s'est arrêté, les yeux brillants, la bouche moqueuse, et il accompagne le bonjour qu'il me souhaite d'un geste des plus gracieux.

Je réponds froidement à sa politesse, — ce qu'il affecte de ne point remarquer.

« Que saint Jonathan vous protège, monsieur Gaydon! me dit-il de sa voix fraîche et sonore. Vous ne vous plaindrez pas, je l'espère, de l'heureuse circonstance qui vous a permis de visiter cette caverne, merveilleuse entre toutes... oui! l'une des plus belles... et pourtant des moins connues de notre sphéroïde!... »

Ce mot de la langue scientifique, au cours d'une conversation avec un simple gardien, me surprend, je l'avoue, et je me borne à répondre :

« Je n'aurai pas à me plaindre, monsieur Serkö, à la condition qu'après avoir eu le plaisir de visiter cette caverne, j'aie la liberté d'en sortir...

— Quoi! vous songeriez déjà à nous quitter, monsieur Gaydon... à retourner dans votre triste pavillon de Healthful-House?... C'est à peine si vous avez exploré notre magnifique domaine, si vous avez pu en admirer les beautés incomparables, dont la nature seule a fait tous les frais...

— Ce que j'ai vu me suffit, ai-je répliqué, et en cas que vous me parleriez sérieusement, je vous répondrais sérieusement que je ne désire pas en voir davantage.

— Allons, monsieur Gaydon, permettez-moi de vous faire observer que vous n'avez pas encore pu apprécier les avantages d'une existence qui se passe dans ce milieu sans rival!... Vie douce et tranquille, exempte de tout souci, avenir assuré, conditions matérielles comme il ne s'en rencontre nulle part, égalité de climat, rien à craindre des tempêtes qui désolent ces parages de l'Atlantique, pas plus des glaces de l'hiver que des feux de l'été !... C'est à peine si les changements de saison modifient cette atmosphère tempérée et salubre !... Ici, nous n'avons point à redouter les colères de Pluton ou de Neptune... »

Cette évocation de noms mythologiques me paraît on ne peut moins à sa place. Il est visible que l'ingénieur Serkö se moque de moi. Est-ce que le surveillant Gaydon a jamais entendu parler de Pluton et de Neptune ?...

« Monsieur, dis-je, il est possible que ce climat vous convienne, que vous appréciez comme ils le méritent les avantages de vivre au fond de cette grotte de... »

J'ai été sur le point de prononcer ce nom de Back-Cup... je me suis retenu à temps. Qu'arriverait-il, si l'on me soupçonnait de connaître le nom de l'îlot, et, par suite, son gisement à l'extrémité ouest du groupe des Bermudes !

Aussi ai-je continué en disant :

« Mais, si ce climat ne me convient pas, j'ai le droit d'en changer, ce me semble...

— Le droit, en effet.

— Et j'entends qu'il me soit permis de partir et que l'on me fournisse les moyens de retourner en Amérique.

— Je n'ai aucune bonne raison à vous opposer, monsieur Gaydon, répond l'ingénieur Serkö. Votre prétention est même de tous points fondée. Remarquez, cependant, que nous vivons ici dans une noble et superbe indépendance, que nous ne relevons d'aucune puissance étrangère, que nous échappons à toute autorité du dehors, que nous ne sommes les colons d'aucun état de l'ancien ni du nouveau monde... Cela mérite considération de quiconque a l'âme fière, le cœur haut placé... Et puis, quels souvenirs évoquent chez un esprit cultivé ces grottes qui semblent avoir été creusées de la main des dieux, et dans lesquelles ils rendaient autrefois leurs oracles par la bouche de Trophonius... »

Décidément, l'ingénieur Serkö se plaît aux citations de la Fable !

Trophonius après Pluton et Neptune ! Ah çà ! se figure-t-il qu'un gardien d'hospice connaisse Trophonius ?... Il est visible que ce moqueur continue à se moquer, et je fais appel à toute ma patience pour ne pas lui répondre sur le même ton.

« Il y a un instant, dis-je d'une voix brève, j'ai voulu entrer dans cette habitation, qui est, si je ne me trompe, celle du comte d'Artigas, et j'en ai été empêché...

— Par qui, monsieur Gaydon ?...

— Par un homme au service du comte.

— C'est que, très probablement, cet homme avait reçu des ordres formels à votre égard.

— Il faut pourtant, qu'il le veuille ou non, que le comte d'Artigas m'écoute...

— Je crains bien que ce soit difficile... et même impossible, répond en souriant l'ingénieur Serkö.

— Et pourquoi ?...

— Parce qu'il n'y a plus, ici, de comte d'Artigas.

— Vous raillez, je pense !... Je viens de l'apercevoir...

— Ce n'est pas le comte d'Artigas que vous avez aperçu, monsieur Gaydon...

— Et qui est-ce donc, s'il vous plaît ?...

— C'est le pirate Ker Karraje. »

Ce nom me fut jeté d'une voix dure, et l'ingénieur Serkö est parti sans que j'aie eu la pensée de le retenir.

Le pirate Ker Karraje !

Oui !... Ce nom est toute une révélation pour moi !... Ce nom, je le connais, et quels souvenirs il évoque !... Il m'explique, à lui seul, ce que je regardais comme inexplicable ! Il me dit quel est l'homme entre les mains duquel je suis tombé !...

Avec ce que je savais déjà, avec ce que j'ai appris depuis mon arrivée à Back-Cup de la bouche même de l'ingénieur Serkö, voici ce qu'il m'est loisible de raconter sur le passé et le présent de ce Ker Karraje.

Il y a de cela huit à neuf ans, les mers de l'Ouest-Pacifique furent désolées par des attentats sans nombre, des faits de piraterie, qui s'accomplissaient avec une rare audace. A cette époque, une bande de malfaiteurs de diverses origines, déserteurs des contingents coloniaux, échappés des pénitenciers, matelots ayant abandonné leurs navires, opérait sous un chef redoutable. Le noyau de cette bande s'était d'abord formé de ces gens, rebut des populations européenne et américaine, qu'avait attirés la découverte de riches placers dans les districts de la Nouvelle-Galles du Sud en Australie. Parmi ces chercheurs d'or, se trouvaient le capitaine Spade et l'ingénieur Serkö, deux déclassés, qu'une certaine communauté d'idées et de caractère ne tarda pas à lier très intimement.

Ces hommes, instruits, résolus, eussent certainement réussi en toute carrière, rien que par leur intelligence. Mais, sans conscience ni scrupules, déterminés à s'enrichir par n'importe quels moyens, demandant à la spéculation et au jeu ce qu'ils auraient pu obtenir par le travail patient et régulier, ils se jetèrent à travers les plus invraisemblables aventures, riches un jour, ruinés le lendemain, comme la plupart de ces gens sans aveu, qui vinrent chercher fortune sur les gisements aurifères.

Il y avait alors aux placers de la Nouvelle-Galles du Sud un homme d'une audace incomparable, un de ces oseurs qui ne reculent devant rien, — pas même devant le crime, — et dont l'influence est irrésistible sur les natures violentes et mauvaises.

Cet homme se nommait Ker Karraje.

Quelles étaient l'origine et la nationalité de ce pirate, quels étaient ses antécédents, cela n'avait jamais pu être établi dans les enquêtes qui furent ordonnées à son sujet. Mais s'il avait su échapper à toutes les poursuites, son nom, — du moins celui qu'il se donnait, — courut le monde. On ne le prononçait qu'avec horreur et terreur, comme celui d'un personnage légendaire, invisible, insaisissable.

Moi, maintenant, j'ai lieu de croire que ce Ker Karraje est de race malaise. Peu importe, en somme. Ce qui est certain, c'est qu'on

le tenait à bon droit pour un forban redoutable, l'auteur des multiples attentats commis dans ces mers lointaines.

Après avoir passé quelques années sur les placers de l'Australie,
où il fit la connaissance de l'ingénieur Serkö et du capitaine Spade,
Ker Karraje parvint à s'emparer d'un navire dans le port de Mel-
bourne de la province de Victoria. Une trentaine de coquins, dont
le nombre devait bientôt être triplé, se firent ses compagnons. En
cette partie de l'Océan Pacifique, où la piraterie est encore si facile,
et, disons-le, si fructueuse — combien de bâtiments furent pillés,
combien d'équipages massacrés, combien de razzias organisées dans
certaines îles de l'ouest que les colons n'étaient pas de force à défendre. Quoique le navire de Ker Karraje, commandé par le capitaine Spade, eût été plusieurs fois signalé, on ne put jamais s'en emparer. Il semblait qu'il eût la faculté de disparaître à sa fantaisie au
milieu de ces labyrinthes d'archipels dont le forban connaissait
toutes les passes et toutes les criques.

L'épouvante régnait donc en ces parages. Les Anglais, les Français, les Allemands, les Russes, les Américains, envoyèrent vainement des vaisseaux à la poursuite de cette sorte de navire-spectre,
qui s'élançait on ne sait d'où, se cachait on ne sait où, après des
pillages et des massacres que l'on désespérait de pouvoir arrêter
ou punir.

Un jour, ces actes criminels prirent fin. On n'entendit plus parler
de Ker Karraje. Avait-il abandonné le Pacifique pour d'autres mers?...
La piraterie allait-elle recommencer ailleurs?... Comme elle ne se
reproduisit pas de quelque temps, on eut cette idée : c'est que, sans
parler de ce qui avait dû être dépensé en orgies et en débauches,
il restait assez du produit de ces vols si longtemps exercés pour
constituer un trésor d'une énorme valeur. Et, maintenant, sans doute,
Ker Karraje et ses compagnons en jouissaient, l'ayant mis en sûreté
en quelque retraite connue d'eux seuls.

Où s'était réfugiée la bande depuis sa disparition?... Toutes recherches à ce sujet furent stériles. L'inquiétude ayant cessé avec le

danger, l'oubli commença de se faire sur les attentats dont l'Ouest-Pacifique avait été le théâtre.

Voilà ce qui s'était passé, — voici maintenant ce qu'on ne saura jamais, si je ne parviens pas à m'échapper de Back-Cup :

Oui, ces malfaiteurs étaient possesseurs de richesses considérables, lorsqu'ils abandonnèrent les mers occidentales du Pacifique. Après avoir détruit leur navire, ils se dispersèrent par des voies diverses, non sans être convenus de se retrouver sur le continent américain.

A cette époque, l'ingénieur Serkö, très instruit en sa partie, très habile mécanicien, et qui avait étudié de préférence le système des bateaux sous-marins, proposa à Ker Karraje de faire construire un de ces appareils, afin de reprendre sa criminelle existence dans des conditions plus secrètes et plus redoutables.

Ker Karraje saisit tout ce qu'avait de pratique l'idée de son complice, et, l'argent ne manquant point, il n'y eut qu'à se mettre à l'œuvre.

Tandis que le soi-disant comte d'Artigas commandait la goélette *Ebba* aux chantiers de Gotteborg, en Suède, il donna aux chantiers Cramps de Philadelphie, en Amérique, les plans d'un bateau sous-marin, dont la construction ne donna lieu à aucun soupçon. D'ailleurs, ainsi qu'on va le voir, il ne devait pas tarder à disparaître corps et biens.

Ce fut sur les gabarits de l'ingénieur Serkö et sous sa surveillance spéciale que cet appareil fut établi, en utilisant les divers perfectionnements de la science nautique d'alors. Un courant, produit par des piles de nouvelle invention, actionnant les réceptrices calées sur l'arbre de l'hélice, devait donner à son moteur une énorme puissance propulsive.

Il va de soi que personne n'aurait pu deviner dans le comte d'Artigas Ker Karraje, l'ancien pirate du Pacifique, ni dans l'ingénieur Serkö, le plus déterminé de ses complices. On ne voyait en lui qu'un étranger de haute origine, de grande fortune, qui, depuis un an, fréquentait avec sa goélette *Ebba* les ports des États-Unis, la goélette

ayant pris la mer bien avant que la construction du tug eût été terminée.

Ce travail n'exigea pas moins de dix-huit mois. Quand il fut
achevé, le nouveau bateau excita l'admiration de tous ceux qui s'in-
téressaient à ces engins de navigation sous-marine. Par sa forme
extérieure, son appropriation intérieure, son système d'aération, son
habitabilité, sa stabilité, sa rapidité d'immersion, sa maniabilité, sa
facilité d'évolution en portées et en plongées, son aptitude à gou-
verner, sa vitesse extraordinaire, le rendement des piles auxquelles
il empruntait sa force mécanique, il dépassait, et de beaucoup, les
successeurs des *Goubet*, des *Gymnote*, des *Zédé* et autres échantillons déjà si perfectionnés à cette époque.

On allait pouvoir en juger, au surplus, car, après divers essais très
réussis, une expérience publique fut faite en pleine mer, à quatre
milles au large de Charleston, en présence de nombreux navires de
guerre, de commerce, de plaisance, américains et étrangers, con-
voqués à cet effet.

Il va sans dire que l'*Ebba* se trouvait au nombre de ces navires,
ayant à son bord le comte d'Artigas, l'ingénieur Serkö, le capitaine
Spade et son équipage, — moins une demi-douzaine d'hommes
destinés à la manœuvre du bateau sous-marin, que dirigeait le mécanicien Gibson, un Anglais très hardi et très habile.

Le programme de cette expérience définitive comportait diverses
évolutions à la surface de l'Océan, puis une immersion qui devait
se prolonger un certain nombre d'heures, après lesquelles l'appareil
avait ordre de réapparaître, quand il aurait atteint une bouée placée
à plusieurs milles au large.

Le moment venu, lorsque le panneau supérieur eut été fermé, le
bateau manœuvra d'abord sur la mer, et ses résultats de vitesse, ses
essais de virages, provoquèrent chez les spectateurs une admiration
justifiée.

Puis, à un signal parti de l'*Ebba*, l'appareil sous-marin s'enfonça
lentement et disparut à tous les regards.

« Répondez... Ker Karraje... » (Page 133.)

Quelques-uns des navires se dirigèrent vers le but qui était assigné pour la réapparition.

Trois heures s'écoulèrent... le bateau n'avait pas remonté à la surface de la mer.

Ce que l'on ne pouvait savoir, c'est que, d'accord avec le comte d'Artigas et l'ingénieur Serkö, cet appareil, destiné au remorquage secret de la goélette, ne devait réémerger qu'à plusieurs milles

17

de là. Mais, excepté chez ceux qui étaient dans le secret, il n'y eut doute pour personne qu'il eût péri par suite d'un accident survenu soit à sa coque, soit à sa machine. A bord de l'*Ebba*, la consternation fut remarquablement jouée, tandis qu'elle était des plus réelles à bord des autres bâtiments. On fit des sondages, on envoya des scaphandriers sur le parcours supposé du bateau. Recherches vaines, il ne parut que trop certain qu'il était englouti dans les profondeurs de l'Atlantique.

A deux jours de là, le comte d'Artigas reprenait la mer, et, quarante-huit heures plus tard, il retrouvait le tug à l'endroit convenu d'avance.

Voilà comment Ker Karraje devint possesseur d'un admirable engin, qui fut destiné à cette double fonction : le remorquage de la goélette, l'attaque des navires. Avec ce terrible instrument de destruction, dont on ne soupçonnait pas l'existence, le comte d'Artigas allait pouvoir recommencer le cours de ses pirateries dans les meilleures conditions de sécurité et d'impunité.

Ces détails, je les appris par l'ingénieur Serkö, très fier de son œuvre, — très certain aussi que le prisonnier de Back-Cup ne pourrait jamais en dévoiler le secret. En effet, on comprend de quelle puissance offensive disposait Ker Karraje. Pendant la nuit, le tug se jette sur les bâtiments qui ne peuvent se défier d'un yacht de plaisance. Quand il les a défoncés de son éperon, la goélette les aborde, ses hommes massacrent les équipages, pillent les cargaisons. Et c'est ainsi que nombre de navires ne figurent plus aux nouvelles de mer que sous cette désespérante rubrique : disparus corps et biens.

Pendant une année, après cette odieuse comédie de la baie de Charleston, Ker Karraje exploita les parages de l'Atlantique au large des États-Unis. Ses richesses s'accrurent dans une proportion énorme. Les marchandises dont il n'avait pas l'emploi, on les vendait sur des marchés lointains, et le produit de ces pillages se transformait en argent et en or. Mais ce qui manquait toujours, c'était un lieu secret, où les pirates pussent déposer ces trésors en attendant le jour du partage.

Le hasard leur vint en aide. Alors qu'ils exploraient les couches sous-marines aux approches des Bermudes, l'ingénieur Serkö et le mécanicien Gibson découvrirent à la base de l'îlot ce tunnel qui donnait accès à l'intérieur de Back-Cup. Où Ker Karraje eût-il jamais pu trouver pareil refuge, plus à l'abri de toutes perquisitions?... Et c'est ainsi qu'un des îlots de cet archipel bermudien, qui avait été un repaire de forbans, devint celui d'une bande bien autrement redoutable.

Cette retraite de Back-Cup adoptée, sous sa vaste voûte s'organisa la nouvelle existence du comte d'Artigas et de ses compagnons, telle que j'étais à même de l'observer. L'ingénieur Serkö installa une fabrique d'énergie électrique, sans recourir à ces machines dont la construction à l'étranger eût pu paraître suspecte, et rien qu'avec ces piles d'un montage facile, n'exigeant que l'emploi de plaques de métaux, de substances chimiques, dont l'*Ebba* s'approvisionnait pendant ses relâches aux États-Unis.

On devine sans peine ce qui s'était passé dans la nuit du 19 au 20. Si le trois-mâts, qui ne pouvait se déplacer faute de vent, n'était plus en vue au lever du jour, c'est qu'il avait été abordé par le tug, attaqué par la goélette, pillé, coulé avec son équipage... Et c'est une partie de sa cargaison qui se trouvait à bord de l'*Ebba*, alors qu'il avait disparu dans les abîmes de l'Atlantique!...

En quelles mains je suis tombé, et comment finira cette aventure?... Pourrai-je jamais m'échapper de cette prison de Back-Cup, dénoncer ce faux comte d'Artigas, délivrer les mers des pirates de Ker Karraje?...

Et, si terrible qu'il soit déjà, Ker Karraje ne le sera-t-il pas plus encore, en cas qu'il devienne possesseur du Fulgurateur Roch?... Oui, cent fois! S'il utilise ces nouveaux engins de destruction, aucun bâtiment de commerce ne pourra lui résister, aucun navire de guerre échapper à une destruction totale.

Je reste longtemps obsédé de ces réflexions que me suggère la révélation du nom de Ker Karraje. Tout ce que je connaissais de ce fameux pirate est revenu à ma mémoire, — son existence alors qu'il écumait les parages du Pacifique, les expéditions engagées par les puissances maritimes contre son navire, l'inutilité de leurs campagnes. C'était à lui qu'il fallait attribuer, depuis quelques années, ces inexplicables disparitions de bâtiments au large du continent américain... Il n'avait fait que changer le théâtre de ses attentats... On pensait en être débarrassé, et il continuait ses pirateries sur ces mers si fréquentées de l'Atlantique, avec l'aide de ce tug que l'on croyait englouti sous les eaux de la baie Charleston...

« Maintenant, me dis-je, voici que je connais son véritable nom et sa véritable retraite, — Ker Karraje et Back-Cup ! Mais, si Serkö a prononcé ce nom devant moi, c'est qu'il y était autorisé... N'est-ce pas m'avoir fait comprendre que je dois renoncer à jamais recouvrer ma liberté ?... »

L'ingénieur Serkö avait manifestement vu l'effet produit sur moi par cette révélation. En me quittant, je me le rappelle, il s'était dirigé vers l'habitation de Ker Karraje, voulant sans doute le mettre au courant de ce qui s'était passé.

Après une assez longue promenade sur les berges du lagon, je me disposais à regagner ma cellule, lorsqu'un bruit de pas se fait entendre derrière moi.

Je me retourne.

Le comte d'Artigas, accompagné du capitaine Spade, est là. Il me jette un regard inquisiteur. Et alors ces mots de m'échapper dans un mouvement d'irritation dont je ne suis pas maître :

« Monsieur, vous me gardez ici contre tout droit !... Si c'est pour soigner Thomas Roch que vous m'avez enlevé de Healthful-House, je refuse de lui donner mes soins, et je vous somme de me renvoyer... »

Le chef de pirates ne fait pas un geste, ne prononce pas une parole.

La colère m'emporte alors au delà de toute mesure.

« Répondez, comte d'Artigas, — ou plutôt, — car je sais qui vous êtes... répondez... Ker Karraje... »

Et il répond :

« Le comte d'Artigas est Ker Karraje comme le gardien Gaydon est l'ingénieur Simon Hart, et Ker Karraje ne rendra jamais la liberté à l'ingénieur Simon Hart qui connaît ses secrets!... »

XI

PENDANT CINQ SEMAINES.

La situation est nette. Ker Karraje sait qui je suis... Il me connaissait, lorsqu'il a fait procéder au double enlèvement de Thomas Roch et de son gardien. .

Comment cet homme y est-il arrivé, comment a-t-il appris ce que j'avais pu cacher à tout le personnel de Healthful-House, comment a-t-il su qu'un ingénieur français remplissait les fonctions de surveillant près de Thomas Roch?... J'ignore de quelle façon cela s'est fait, mais cela est.

Évidemment, cet homme possédait des moyens d'informations qui devaient lui coûter cher, mais dont il a tiré grand profit. Un personnage de cette trempe ne regarde pas à l'argent, d'ailleurs, lorsqu'il s'agit d'atteindre son but.

Et désormais, c'est ce Ker Karraje, ou plutôt son complice l'ingénieur Serkö, qui va me remplacer dans les fonctions que je remplissais près de l'inventeur Thomas Roch. Ses efforts réussiront-ils mieux que les miens?... Dieu veuille qu'il n'en soit rien, et que ce malheur soit épargné au monde civilisé!

Je n'ai pas répondu à la dernière phrase de Ker Karraje. Elle m'a produit l'effet d'une balle tirée à bout portant. Je ne suis pas tombé, cependant, comme s'y attendait peut-être le prétendu comte d'Artigas.

Non! mon regard est allé droit au sien, qui ne s'est pas abaissé et dont jaillissait des étincelles. J'avais croisé les bras, à son exemple. Et pourtant, il était le maître de ma vie... Il suffisait d'un signe pour qu'un coup de revolver m'étendit à ses pieds... Puis, mon corps, précipité dans ce lagon, aurait été emporté à travers le tunnel au large de Back-Cup...

Après cette scène, on m'a laissé libre comme avant. Aucune mesure n'est prise contre moi. Je puis circuler entre les piliers jusqu'aux extrêmes limites de la caverne, qui, — cela n'est que trop évident, — ne possède pas d'autre issue que le tunnel.

Lorsque j'eus regagné mon alvéole à l'extrémité de Bee-Hive, en proie aux mille réflexions que me suggère cette situation nouvelle, je me dis :

« Si Ker Karraje sait que je suis l'ingénieur Simon Hart, qu'il ne sache jamais, du moins, que je connais l'exact gisement de cet ilot de Back-Cup. »

Quant au projet de confier Thomas Roch à mes soins, j'imagine que le comte d'Artigas ne l'a jamais eu sérieusement, puisque mon identité lui était révélée. Je le regrette dans une certaine mesure, car il est indubitable que l'inventeur sera l'objet de sollicitations pressantes, que l'ingénieur Serkö va employer tous les moyens pour obtenir la composition de l'explosif et du déflagrateur dont il saura faire un si détestable usage au cours de ses futures pirateries... Oui! mieux vaudrait que je fusse resté le gardien de Thomas Roch... ici comme à Healthful-House.

Durant les quinze jours qui suivent, je n'ai pas aperçu une seule fois mon ancien pensionnaire. Personne, je le répète, ne m'a gêné dans mes promenades quotidiennes. De la partie matérielle de l'existence je n'ai aucunement à me préoccuper. Mes repas viennent avec une régularité réglementaire de la cuisine du comte d'Artigas, — nom et titre dont je ne me suis pas déshabitué et que parfois je lui donne encore. Que sur la question de nourriture je ne sois pas difficile, d'accord ; mais il serait injuste néanmoins de formuler la moindre plainte à ce sujet. L'alimentation ne laisse rien à désirer, grâce aux approvisionnements renouvelés à chaque voyage de l'*Ebba*.

Il est heureux aussi que la possibilité d'écrire ne m'ait jamais manqué pendant ces longues heures de désœuvrement. J'ai donc pu consigner sur mon carnet les plus menus faits depuis l'enlèvement de Healthful-House et tenir mes notes jour par jour. Je continuerai ce travail tant que la plume ne me sera pas arrachée des mains. Peut-être servira-t-il dans l'avenir à dévoiler les mystères de Back-Cup.

— *Du 5 au 25 juillet.* — Deux semaines d'écoulées, et aucune tentative, pour me rapprocher de Thomas Roch n'a pu réussir. Il est évident que des mesures sont prises pour le soustraire à mon influence, si inefficace qu'elle ait été jusqu'alors. Mon seul espoir est que le comte d'Artigas, l'ingénieur Serkö, le capitaine Spade perdront leur temps et leurs peines à vouloir s'approprier les secrets de l'inventeur.

Trois ou quatre fois, — à ma connaissance du moins, — Thomas Roch et l'ingénieur Serkö se sont promenés ensemble, en faisant le tour du lagon. Autant que j'ai pu en juger, le premier semblait écouter avec une certaine attention ce que lui disait le second. Celui-ci lui a fait visiter toute la caverne, l'a conduit à la fabrique d'énergie électrique, lui a montré en détail la machinerie du tug... Visiblement l'état mental de Thomas Roch s'est amélioré depuis son départ de Healthful-House.

C'est dans l'habitation de Ker Karraje que Thomas Roch occupe une chambre à part. Je ne mets pas en doute qu'il ne soit journellement circonvenu, surtout par l'ingénieur Serkö. A l'offre de lui payer son engin du prix exorbitant qu'il demande, — et se rend-il compte de la valeur de l'argent? — aura-t-il la force de résister?... Ces misérables peuvent l'éblouir de tant d'or, provenant des rapines accumulées durant tant d'années!... En l'état d'esprit où il se trouve,

Ils saisissent Thomas Roch, ils l'entraînent. (Page 139.)

ne se laissera-t-il pas aller à communiquer la composition de son Fulgurateur?... Il suffirait alors de rapporter à Back-Cup les substances
nécessaires, et Thomas Roch aura tout le loisir de se livrer à ses
combinaisons chimiques. Quant aux engins, quoi de plus facile que
d'en commander un certain nombre dans une usine du continent,
d'en ordonner la fabrication par pièces séparées, de manière à ne
point éveiller les soupçons?... Et ce que peut devenir un tel agent de

La baleine plonge, remonte, émerge. (Page 142.)

destruction entre les mains de ces pirates, mes cheveux se dressent rien que d'y penser!

Ces intolérables appréhensions ne me laissent plus une heure de répit, elles me rongent, ma santé s'en ressent. Bien qu'un air pur emplisse l'intérieur de Back-Cup, je suis parfois pris d'étouffements. Il me semble que ces épaisses parois m'écrasent de tout leur poids. Et puis, je me sens séparé du reste du monde, — comme en dehors

de notre globe, — ne sachant rien de ce qui se passe dans les pays
d'outre-mer!... Ah! à travers cette ouverture à la voûte qui s'évide
au-dessus du lagon, s'il était possible de s'enfuir... de se sauver par
la cime de l'îlot... de redescendre à sa base!...

Dans la matinée du 25 juillet, je rencontre enfin Thomas Roch.
Il est seul sur la rive opposée, et je me demande même, puisque je
ne les ai pas vus depuis la veille, si Ker Karraje, l'ingénieur Serkö
et le capitaine Spade ne sont pas partis pour quelque « expédition »
au large de Back-Cup...

Je me dirige vers Thomas Roch et, avant qu'il ait pu m'apercevoir,
je l'examine avec attention.

Sa physionomie sérieuse, pensive, n'est plus celle d'un fou. Il
marche à pas lents, les yeux baissés, ne regardant pas autour de lui,
et porte sous son bras une planchette tendue d'une feuille de papier
où sont dessinées différentes épures.

Soudain, sa tête se relève vers moi, il s'avance d'un pas et me re-
connaît :

« Ah! toi... Gaydon!... s'écrie-t-il. Je t'ai donc échappé!... Je suis
libre! »

Il peut se croire libre, en effet, — plus libre à Back-Cup qu'il ne
l'était à Healthful-House. Mais ma présence est de nature à lui rappeler de mauvais souvenirs et va peut-être déterminer une crise,
car il m'interpelle avec une extraordinaire animation :

« Oui... toi... Gaydon!... Ne m'approche pas... ne m'approche pas!...
Tu voudrais me reprendre... me ramener au cabanon... Jamais!...
Ici j'ai des amis pour me défendre!... Ils sont puissants, ils sont
riches!... Le comte d'Artigas est mon commanditaire!... L'ingénieur
Serkö est mon associé!... Nous allons exploiter mon invention!...
C'est ici que nous fabriquerons le Fulgurateur Roch... Va-t'en!...
Va-t'en!... »

Thomas Roch est en proie à une véritable fureur. En même temps
que sa voix s'élève, ses bras s'agitent, et il tire de sa poche des
paquets de dollars-papier et de bank-notes. Puis, des pièces d'or an-

glaises, françaises, américaines, allemandes, s'échappent de ses doigts. Et d'où lui vient tout cet argent, si ce n'est de Ker Karraje, et pour prix du secret qu'il a vendu?...

Cependant, au bruit de cette pénible scène, accourent quelques hommes qui nous observaient à courte distance. Ils saisissent Thomas Roch, ils le contiennent, ils l'entraînent. D'ailleurs, dès que je suis hors de sa vue, il se laisse faire, il retrouve le calme du corps et de l'esprit.

— *27 juillet.* — A deux jours de là, en descendant vers la berge, aux premières heures du matin, je me suis avancé jusqu'à l'extrémité de la petite jetée de pierre.

Le tug n'est plus à son mouillage habituel le long des roches, et n'apparaît en aucun autre point du lagon. Du reste, Ker Karraje et l'ingénieur Serkö n'étaient pas partis, comme je le supposais, car je les ai aperçus dans la soirée d'hier.

Mais, aujourd'hui, il y a tout lieu de croire qu'ils se sont embarqués à bord du tug avec le capitaine Spade et son équipage, qu'ils ont rejoint la goélette dans la crique de l'îlot, et que l'*Ebba*, à cette heure, est en cours de navigation.

S'agit-il de quelque coup de piraterie?... c'est possible. Toutefois il est également possible que Ker Karraje, redevenu le comte d'Artigas à bord de son yacht de plaisance, ait voulu rallier quelque point du littoral, afin de se procurer les substances nécessaires à la préparation du Fulgurateur Roch...

Ah! si j'avais eu la possibilité de me cacher à bord du tug, de me glisser dans la cale de l'*Ebba*, d'y demeurer caché jusqu'à l'arrivée au port!... Alors, peut-être, eussé-je pu m'échapper... délivrer le monde de cette bande de pirates!...

On voit à quelles pensées je m'abandonne obstinément... fuir... fuir à tout prix ce repaire!... Mais la fuite n'est possible que par le tunnel avec le bateau sous-marin!... N'est-ce pas folie que d'y songer?... Oui!... folie... Et pourtant, quel autre moyen de s'évader de Back-Cup?...

Tandis que je me livre à ces réflexions, voici que les eaux du lagon
s'entr'ouvrent à vingt mètres de la jetée pour livrer passage au tug.
Presque aussitôt, son panneau se rabat, le mécanicien Gibson et les
hommes montent sur la plate-forme. D'autres accourent sur les roches
afin de recevoir une amarre. On la saisit, on hale dessus, et l'appareil vient reprendre son mouillage.

Donc, cette fois, la goélette navigue sans l'aide de son remorqueur,
lequel n'est sorti que pour mettre Ker Karraje et ses compagnons à
bord de l'*Ebba* et la dégager des passes de l'ilot.

Cela me confirme dans l'idée que ce voyage n'a d'autre objet que
de gagner un des ports américains, où le comte d'Artigas pourra se
procurer les matières qui composent l'explosif et commander les engins à quelque usine. Puis, au jour fixé pour son retour, le tug re-
passera le tunnel, rejoindra la goélette, et Ker Karraje rentrera à
Back-Cup...

Décidément, les desseins de ce malfaiteur sont en cours d'exécution, et cela marche plus vite que je ne le supposais !

— *3 août.* — Aujourd'hui s'est produit un incident dont le lagon a
été le théâtre, — incident très curieux, et qui doit être extrêmement
rare.

Vers trois heures de l'après-midi, un vif bouillonnement trouble les
eaux pendant une minute, cesse pendant deux ou trois, et recommence
dans la partie centrale du lagon.

Une quinzaine de pirates, dont l'attention est attirée par ce phénomène assez inexplicable, sont descendus sur la berge, non sans donner des marques d'étonnement auquel se mêle un certain effroi, — à
ce qu'il me semble.

Ce n'est point le tug qui cause cette agitation des eaux, puisqu'il
est amarré près de la jetée. Quant à supposer qu'un autre appareil
submersible serait parvenu à s'introduire par le tunnel, cela paraît,
à tout le moins, invraisemblable.

Presque aussitôt, des cris retentissent sur la rive opposée. D'autres
hommes s'adressent aux premiers en un langage inintelligible, et,

à la suite d'un échange de dix à douze phrases rauques, ceux-ci retournent en toute hâte du côté de Bee-Hive.

Ont-ils donc aperçu quelque monstre marin engagé sous les eaux du lagon?... Vont-ils chercher des armes pour l'attaquer, des engins de pêche pour en opérer la capture?...

J'ai deviné, et, un instant plus tard, je les vois revenir sur les berges, armés de fusils à balles explosibles et de harpons munis de longues lignes.

C'est, en effet, une baleine, — de l'espèce de ces cachalots si nombreux aux Bermudes, — qui, après avoir traversé le tunnel, se débat maintenant dans les profondeurs du lagon. Puisque l'animal a été contraint de chercher un refuge à l'intérieur de Back-Cup, dois-je en conclure qu'il était poursuivi, que des baleiniers lui donnaient la chasse?...

Quelques minutes s'écoulent avant que le cétacé remonte à la surface du lagon. On entrevoit sa masse énorme, luisante et verdâtre, évoluer comme s'il luttait contre un redoutable ennemi. Lorsqu'il reparaît, deux colonnes liquides jaillissent à grand bruit de ses évents.

« Si c'est par nécessité d'échapper à la chasse de baleiniers que cet animal s'est jeté à travers le tunnel, me dis-je alors, c'est qu'il y a un navire à proximité de Back-Cup... peut-être à quelques encablures du littoral... C'est que ses embarcations ont suivi les passes de l'ouest jusqu'au pied de l'îlot... Et ne pouvoir communiquer avec elles!... »

Et quand cela serait, est-ce qu'il m'est possible de les rejoindre à travers ces parois de Back-Cup?...

Au surplus, je ne tarde pas à être fixé sur la cause qui a provoqué l'apparition du cachalot. Il ne s'agit point de pêcheurs acharnés à sa poursuite, mais d'une bande de requins, — de ces formidables squales qui infectent les parages des Bermudes. Je les distingue sans peine entre deux eaux. Au nombre de cinq ou six, ils se retournent sur le flanc, ouvrant leurs énormes mâchoires hérissées de dents comme une étrille est hérissée de pointes. Ils se précipitent sur la baleine qui ne peut se défendre qu'en les assommant à coups de queue. Elle a déjà reçu de larges blessures, et les eaux se teignent de colorations rougeâtres, tandis qu'elle plonge, remonte, émerge, sans parvenir à éviter les morsures des squales.

Et, pourtant, ce ne seront pas ces voraces animaux qui sortiront vainqueurs de la lutte. Cette proie va leur échapper, car l'homme, avec ses engins, est plus puissant qu'eux. Il y a là, sur les berges, nombre des compagnons de Ker Karraje, qui ne valent pas mieux que ces requins, car pirates ou tigres de mer, c'est tout un!... Ils vont essayer de capturer le cachalot, et cet animal sera de bonne prise pour les gens de Back-Cup!....

En ce moment, la baleine se rapproche de la jetée, sur laquelle sont postés le Malais du comte d'Artigas et plusieurs autres des plus robustes.

Ledit Malais est armé d'un harpon auquel se rattache une longue corde. Il le brandit d'un bras vigoureux et le lance avec autant de force que d'adresse.

Grièvement atteinte sous sa nageoire gauche, la baleine s'enfonce d'un coup brusque, escortée des squales qui s'immergent à sa suite. La corde du harpon se déroule sur une longueur de cinquante à soixante mètres. Il n'y a plus qu'à haler dessus, et l'animal reviendra du fond pour exhaler son dernier souffle à la surface.

C'est ce qu'exécutent le Malais et ses camarades, sans y mettre trop de hâte, de manière à ne point arracher le harpon des flancs de la baleine, qui ne tarde pas à reparaître près de la paroi où s'ouvre l'orifice du tunnel.

Frappé à mort, l'énorme mammifère se démène dans une agonie furieuse, lançant des gerbes de vapeurs, des colonnes d'air et d'eau mélangées d'un flux de sang. Et alors, d'un terrible coup, il envoie un des squales tout pantelant sur les roches.

Par suite de la secousse, le harpon s'est détaché de son flanc et le cachalot plonge encore. Quand il revient une dernière fois, c'est pour battre les eaux d'un revers de queue si formidable qu'une forte dépression se produit, laissant voir en partie l'entrée du tunnel.

Les requins se précipitent sur leur proie; mais une grêle de balles frappe les uns et met en fuite les autres.

La bande des squales a-t-elle pu retrouver l'orifice, sortir de Back-Cup, regagner le large?... C'est probable. Néanmoins, pendant quelques jours, mieux vaudra, par prudence, ne point se baigner dans les eaux du lagon. Quant à la baleine, deux hommes se sont embarqués dans le canot pour aller l'amarrer. Puis, lorsqu'elle a été halée vers la jetée, elle est dépecée par le Malais, qui ne semble pas novice en ce genre de travail.

Finalement, ce que je connais avec exactitude, c'est l'endroit précis où débouche le tunnel, à travers la paroi de l'ouest... Cet orifice se trouve à trois mètres seulement au-dessous de la berge. Il est vrai, à quoi cela peut-il me servir.

— *7 août.* — Voici douze jours que le comte d'Artigas, l'ingénieur Serkö et le capitaine Spade ont pris la mer. Rien ne fait encore présager que le retour de la goélette soit prochain. Cependant j'ai remarqué que le tug se tient prêt à appareiller comme le serait un steamer resté sous vapeur, et ses piles sont toujours tenues en tension par le mécanicien Gibson. Si la goélette *Ebba* ne craint pas de gagner en plein jour les ports des États-Unis, il est probable qu'elle choisira de préférence le soir pour s'engager dans le chenal de Back-Cup. Aussi je pense que Ker Karraje et ses compagnons reviendront la nuit.

— *10 août.* — Hier soir, vers huit heures, comme je le prévoyais, le tug a plongé et franchi le tunnel juste à temps pour aller donner la remorque à l'*Ebba* à travers la passe, et il a ramené ses passagers avec son équipage.

En sortant, ce matin, j'aperçois Thomas Roch et l'ingénieur Serkö qui s'entretiennent en descendant vers le lagon. De quoi ils parlent tous deux, on le devine. Je stationne à une vingtaine de pas, ce qui me permet d'observer mon ex-pensionnaire.

Ses yeux brillent, son front s'éclaircit, sa physionomie se transforme, tandis que l'ingénieur Serkö répond à ses questions. C'est à peine s'il peut rester en place. Aussi se hâte-t-il de gagner la jetée.

L'ingénieur Serkö le suit, et tous deux s'arrêtent sur la berge, près du tug.

L'équipage, occupé au déchargement de la cargaison, vient de déposer entre les roches dix caisses de moyenne grandeur.

Le couvercle de ces caisses porte en lettres rouges une marque particulière, — des initiales que Thomas Roch regarde avec attention.

L'ingénieur Serkö donne ordre alors que les caisses, dont la contenance peut être évaluée à un hectolitre chacune, soient transportées dans les magasins de la rive gauche. Ce transport est immédiatement effectué avec le canot.

A mon avis, ces caisses doivent renfermer les substances dont la combinaison ou le mélange produisent l'explosif et le déflagrateur... Quant aux engins, ils ont dû être commandés à quelque usine du continent. Lorsque leur fabrication sera terminée, la goélette les ira chercher et les rapportera à Back-Cup...

Ainsi, cette fois, l'*Ebba* n'est point revenue avec des marchandises volées, elle ne s'est pas rendue coupable de nouveaux actes de piraterie. Mais de quelle puissance terrible va être armé Ker Karraje pour l'offensive et la défensive sur mer! A en croire Thomas Roch, son Fulgurateur n'est-il pas capable d'anéantir d'un seul coup le sphéroïde terrestre?... Et qui sait s'il ne le tentera pas un jour?...

« CE BRAVE HOMME M'INTÉRESSE. » (Page 155.)

XII

LES CONSEILS DE L'INGÉNIEUR SERKÖ.

Thomas Roch, qui s'est mis à l'œuvre, reste de longues heures à l'intérieur d'un hangar de la rive gauche, dont on a fait son laboratoire. Personne n'y entre que lui. Veut-il donc travailler seul à ses préparations, sans en indiquer les formules?... Cela est assez vraisemblable. Quant aux dispositions qu'exige l'emploi du Fulgurateur Roch, j'ai lieu de croire qu'elles sont extrêmement simples. En effet, ce genre de projectile ne nécessite ni canon, ni mortier, ni tube de lancement comme le boulet Zalinski. Par cela même qu'il est auto-propulsif, il porte en lui sa puissance de projection, et tout navire qui passerait dans une certaine zone risquerait d'être anéanti, rien que par l'effroyable trouble des couches atmosphériques. Que pourra-t-on contre Ker Karraje, s'il dispose jamais d'un pareil engin de destruction?...

— *Du 11 au 17 août.* — Pendant cette semaine, le travail de Thomas Roch s'est poursuivi sans interruption. Chaque matin, l'inventeur se rend à son laboratoire, et il n'en revient qu'à la nuit tombante. Tenter de le rejoindre, de lui parler, je ne l'essaie même pas. Quoiqu'il soit toujours indifférent à ce qui ne se rapporte pas à son œuvre, il paraît être en complète possession de lui-même. Et pourquoi ne jouirait-il pas de sa pleine cérébralité?... N'est-il pas arrivé à l'entière satisfaction de son génie?... Ses plans, conçus de longue date, n'est-il pas en train de les exécuter?...

— *Nuit du 17 au 18 août.* — A une heure du matin, des détonations, qui viennent de l'extérieur, m'ont réveillé en sursaut.

19

« Est-ce une attaque contre Back-Cup?... me suis-je demandé. Aurait-on suspecté les allures de la goélette du comte d'Artigas, et serait-elle pourchassée à l'entrée des passes?... Essaie-t-on de détruire l'îlot à coups de canon?... Justice va-t-elle être enfin faite de ces malfaiteurs, avant que Thomas Roch ait achevé la fabrication de son explosif, avant que les engins aient été rapportés à Back-Cup?...

A plusieurs reprises, ces détonations, très violentes, éclatent presque à des intervalles réguliers. Et l'idée me vient que, si la goélette *Ebba* est anéantie, toute communication avec le continent étant impossible, le ravitaillement de l'îlot ne pourra plus s'effectuer...

Il est vrai, le tug suffirait à transporter le comte d'Artigas sur quelque point du littoral américain, et l'argent ne lui manquerait pas pour faire construire un autre navire de plaisance... N'importe!... Le ciel soit loué, s'il permet que Back-Cup soit détruit avant que Ker Karraje ait à sa disposition le Fulgurateur Roch!...

Le lendemain, dès la première heure, je me précipite hors de ma cellule...

Rien de nouveau aux abords de Bee-Hive.

Les hommes vaquent à leurs travaux habituels. Le tug est à son mouillage. J'aperçois Thomas Roch qui se rend à son laboratoire. Ker Karraje et l'ingénieur Serkö arpentent tranquillement la berge du lagon. On n'a point attaqué l'îlot pendant la nuit... Pourtant le bruit de détonations rapprochées m'a tiré de mon sommeil...

En ce moment, Ker Karraje remonte vers sa demeure, et l'ingénieur Serkö se dirige vers moi, l'air souriant, la physionomie moqueuse, comme à l'ordinaire.

« Eh bien, monsieur Simon Hart, me dit-il, vous faites-vous enfin à notre existence en ce milieu si tranquille?... Appréciez-vous, comme ils le méritent les avantages de notre grotte enchantée?... Avez-vous renoncé à l'espoir de recouvrer votre liberté un jour ou l'autre... de fuir cette ravissante spélonque... et de quitter, ajoute-t-il en fredonnant la vieille romance française :

> ... ces lieux charmants
> Où mon âme ravie
> Aimait à contempler Sylvie...

A quoi bon me mettre en colère contre ce railleur?... Aussi, ai-je répondu avec calme :

« Non, monsieur, je n'y ai pas renoncé et je compte toujours que l'on me rendra la liberté...

— Quoi! monsieur Hart, nous séparer d'un homme que nous estimons tous, — et moi d'un confrère, qui a peut-être surpris, à travers les incohérences de Thomas Roch, une partie de ses secrets!... Ce n'est pas sérieux!... »

Ah! c'est pour cette raison qu'ils tiennent à me garder dans leur prison de Back-Cup?...

On suppose que l'invention de Thomas Roch m'est en partie connue... On espère m'obliger à parler si Thomas Roch se refuse à le faire... Et voilà pourquoi j'ai été enlevé avec lui... pourquoi on ne m'a pas encore envoyé au fond du lagon, une pierre au cou!... Cela est bon à savoir !

Et alors, aux derniers mots de l'ingénieur Serkö, je réponds par ceux-ci :

« Très sérieux, ai-je affirmé.

— Eh bien, reprend mon interlocuteur, si j'avais l'honneur d'être l'ingénieur Simon Hart, je me tiendrais le raisonnement suivant : Étant données, d'une part, la personnalité de Ker Karraje, les raisons qui l'ont incité à choisir une retraite aussi mystérieuse que cette caverne, la nécessité que ladite caverne échappe à toute tentative de découverte, non seulement dans l'intérêt du comte d'Artigas, mais dans celui de ses compagnons...

— De ses complices, si vous le voulez bien...

— De ses complices, soit!... Et, d'autre part, étant donné que

vous connaissez le vrai nom du comte d'Artigas et en quel mystérieux
coffre-fort sont renfermées nos richesses...

— Richesses volées et souillées de sang, monsieur Serkö!

— Soit encore!... Vous devez comprendre que cette question de
liberté ne puisse jamais être résolue à votre convenance. »

Inutile de discuter dans ces conditions. Aussi, j'aiguille la conversation sur mon autre voie.

« Pourrais-je savoir, ai-je demandé, comment vous avez appris que
le surveillant Gaydon était l'ingénieur Simon Hart?...

— Il n'y a aucun inconvénient à vous l'apprendre, mon cher collègue... C'est un peu l'effet du hasard... Nous avions certaines relations avec l'usine à laquelle vous étiez attaché, et que vous avez
quittée un jour dans des conditions assez singulières... Or, au cours
d'une visite que j'ai faite à Healthful-House, quelques mois avant le
comte d'Artigas, je vous ai vu... reconnu...

— Vous?...

— Moi-même, et, de ce moment-là, je me suis bien promis de
vous avoir pour compagnon de voyage à bord de l'*Ebba*... »

Il ne me revenait pas à la mémoire d'avoir jamais rencontré ce
Serkö à Healthful-House; mais il est probable qu'il disait la vérité.

« Et j'espère, pensai-je, que cette fantaisie vous coûtera cher, un
jour ou l'autre! »

Puis, brusquement :

« Si je ne me trompe, dis-je, vous avez pu décider Thomas Roch
à vous livrer le secret de son Fulgurateur?...

— Oui, monsieur Hart, contre des millions... Oh! les millions ne
nous coûtent que la peine de les prendre!... Aussi nous lui en avons
bourré les poches!

— Et à quoi lui serviront-ils, ces millions, s'il n'est pas libre de les
emporter, d'en jouir au dehors?...

— Voilà ce qui ne l'inquiète guère, monsieur Hart!... L'avenir
n'est point pour préoccuper cet homme de génie!... N'est-il pas tout
au présent?... Tandis que, là-bas, en Amérique, on fabrique les en-

gins d'après ses plans, il s'occupe ici de manipuler les substances chimiques dont il est abondamment pourvu. Hé, hé!... fameux, cet engin autopropulsif, qui entretient lui-même sa vitesse et l'accélère jusqu'à l'arrivée au but, grâce aux propriétés d'une certaine poudre à combustion progressive!... C'est là une invention qui amènera un changement radical dans l'art de la guerre...

— Défensive, monsieur Serkö?...

— Et offensive, monsieur Hart.

— Naturellement, » répondis-je.

Et serrant l'ingénieur Serkö, j'ajoutai :

« Ainsi... ce que personne encore n'avait pu obtenir de Roch...

— Nous l'avons obtenu sans grande difficulté...

— En le payant...

— D'un prix invraisemblable... et, de plus, en faisant vibrer une corde très sensible chez cet homme...

— Quelle corde ?...

— Celle de la vengeance !

— La vengeance?... Et contre qui?...

— Contre tous ceux qui se sont faits ses ennemis, en le décourageant, en le rebutant, en le chassant, en le contraignant à mendier de pays en pays le prix d'une invention d'une si incontestable supériorité ! Maintenant toute idée de patriotisme est éteinte dans son âme ! Il n'a plus qu'une pensée, un désir féroce : se venger de ceux qui l'ont méconnu... et même de l'humanité tout entière !... Vraiment, vos gouvernements de l'Europe et de l'Amérique, monsieur Hart, sont injustifiables de n'avoir pas voulu payer à sa valeur le Fulgurateur Roch ! »

Et l'ingénieur Serkö me décrit avec enthousiasme les divers avantages du nouvel explosif, incontestablement supérieur, me dit-il, à celui que l'on tire du nitro-méthane, en substituant un atome de sodium à l'un des trois atomes d'hydrogène, et dont on parlait beaucoup à cette époque.

« Et quel effet destructif! ajoute-t-il. Il est analogue à celui du boulet Zalinski, mais cent fois plus considérable, et ne nécessite aucun appareil de lancement, puisqu'il vole pour ainsi dire de ses propres ailes à travers l'espace! »

J'écoutais avec l'espoir de surprendre une partie du secret. Non... l'ingénieur Serkö n'en a pas dit plus qu'il ne voulait...

« Est-ce que Thomas Roch, demandai-je, vous a fait connaître la composition de son explosif?...

— Oui, monsieur Hart, — ne vous déplaise — et bientôt nous en posséderons des quantités considérables, qui seront emmagasinées en lieu sûr.

— Et n'y a-t-il pas un danger... danger de tous les instants, à entasser de telles masses de cette substance?... Qu'un accident se produise, et l'explosion détruirait l'îlot de... »

Encore une fois, le nom de Back-Cup fut sur le point de m'échapper. Connaître à la fois l'identité de Ker Karraje et le gisement de la caverne, peut-être trouverait-on Simon Hart mieux informé qu'il ne convenait.

Heureusement, l'ingénieur Serkö n'a point remarqué ma réticence, et il me répond en disant :

« Nous n'avons rien à craindre. L'explosif de Thomas Roch ne peut s'enflammer qu'au moyen d'un déflagrateur spécial. Ni le choc ni le feu ne le feraient exploser.

— Et Thomas Roch vous a également vendu le secret de ce déflagrateur?...

— Pas encore, monsieur Hart, répond l'ingénieur Serkö, mais le marché ne tardera pas à se conclure! Donc, je vous le répète, aucun danger, et vous pouvez dormir en parfaite tranquillité!.. Mille et mille diables! nous n'avons point envie de sauter avec notre caverne et nos trésors! Encore quelques années de bonnes affaires, nous en partagerons les profits, et ils seront assez considérables pour que la part attribuée à chacun lui constitue une honnête fortune dont il pourra jouir à sa guise... après liquidation de la société Ker Karraje and Co! J'ajoute que, si nous sommes à l'abri d'une explosion, nous ne redoutons pas davantage une dénonciation... que vous seriez seul en mesure de faire, mon cher monsieur Hart! Aussi je vous conseille d'en prendre votre parti, de vous résigner en homme pratique, de patienter jusqu'à la liquidation de la société... Ce jour-là, on verra ce que notre sécurité exigera en ce qui vous concerne! »

Convenons-en, ces paroles ne sont rien moins que rassurantes. Il est vrai, nous verrons d'ici là. Ce que je retiens de cette conversation, c'est que si Thomas Roch a vendu son explosif à la société Ker Karraje and Co, il a du moins gardé le secret du déflagrateur, sans lequel l'explosif n'a pas plus de valeur que la poussière des grandes routes.

Cependant, avant de terminer cet entretien, je crois devoir présenter à l'ingénieur Serkö une observation, très naturelle, après tout :

« Monsieur, lui dis-je, vous connaissez actuellement la composition de l'explosif du Fulgurateur Roch, bien. En somme, a-t-il réellement la puissance destructive que son inventeur lui attribue?... L'a-t-on jamais essayé?... N'avez-vous pas acheté un composé aussi inerte qu'une pincée de tabac?...

— Peut-être êtes-vous plus fixé à cet égard que vous ne voulez le paraître, monsieur Hart. Néanmoins, je vous remercie de l'intérêt que vous prenez à notre affaire, et soyez entièrement rassuré. L'autre nuit, nous avons fait une série d'expériences décisives. Rien qu'avec quelques grammes de cette substance, d'énormes quartiers de roches de notre littoral ont été réduits en une poussière impalpable. »

L'explication s'appliquait évidemment aux détonations que j'avais entendues.

« Ainsi, mon cher collègue, continue l'ingénieur Serkö, je puis vous affirmer que nous n'éprouverons aucun déboire. Les effets de cet explosif dépassent tout ce qu'on peut imaginer. Il serait assez puissant, avec une charge de plusieurs milliers de tonnes, pour démolir notre sphéroïde et en disperser les morceaux à travers l'espace

comme ceux de cette planète éclatée entre Mars et Jupiter. Tenez
pour certain qu'il est capable d'anéantir n'importe quel navire à
une distance qui défie les plus longues trajectoires des projectiles
actuels, et sur une zone dangereuse d'un bon mille... Le point faible
de l'invention est encore dans le réglage du tir, lequel exige un temps
assez long pour être modifié... »

L'ingénieur Serkö s'arrête, comme un homme qui n'en veut pas
dire davantage, et il ajoute :

« Donc, je finis ainsi que j'ai commencé, monsieur Hart. Résignez-
vous !... Acceptez cette nouvelle existence sans arrière-pensée !...
Rangez-vous aux tranquilles délices de cette vie souterraine !... On y
conserve sa santé, lorsqu'elle est bonne, on l'y rétablit, quand elle
est compromise... C'est ce qui est arrivé pour votre compatriote !...
Résignez-vous à votre sort... C'est le plus sage parti que vous
puissiez prendre ! »

Et, là-dessus, ce donneur de bons conseils me quitte, après m'a-
voir salué d'un geste amical, en homme dont les obligeantes intentions méritent d'être appréciées. Mais, que d'ironie dans ses paroles,
dans ses regards, dans son attitude, et me sera-t-il jamais permis de
m'en venger ?...

Dans tous les cas, j'ai retenu de cet entretien que le réglage du
tir est assez compliqué. Il est donc probable que cette zone d'un mille
où les effets du Fulgurateur Roch sont terribles, n'est pas facilement
modifiable, et que, au delà comme en deçà de cette zone, un bâtiment
est à l'abri de ses effets... Si je pouvais en informer les intéressés !...

— 20 août. — Pendant deux jours aucun incident à reproduire.
J'ai poussé mes promenades quotidiennes jusqu'aux extrêmes limites
de Back-Cup. Le soir, lorsque les lampes électriques illuminent la
longue perspective des arceaux, je ne puis me défendre d'une impression quasi-religieuse à contempler les merveilles naturelles de
cette caverne, devenue ma prison. D'ailleurs, je n'ai jamais perdu
l'espoir de découvrir, à travers les parois, quelque fissure ignorée
des pirates, par laquelle il me serait possible de fuir !... Il est vrai,

Plusieurs des hommes furent renversés. (Page 160.)

une fois dehors, il me faudrait attendre qu'un navire passât en vue... Mon évasion serait vite connue à Bee-Hive... Je ne tarderais pas à être repris... à moins que... j'y pense... le canot... le canot de l'*Ebba*, qui est amarré au fond de la crique... Si je parvenais à m'en emparer... à sortir des passes... à me diriger vers Saint-Georges ou Hamilton... »

Dans la soirée, — il était neuf heures environ, — je suis allé m'étendre sur un tapis de sable, au pied de l'un des piliers, une centaine de mètres à l'est du lagon. Peu d'instants après, des pas d'abord, des voix ensuite, se sont fait entendre à courte distance.

Blotti de mon mieux derrière la base rocheuse du pilier, je prête une oreille attentive...

Ces voix, je les reconnais. Ce sont celles de Ker Karraje et de l'ingénieur Serkö. Ces deux hommes se sont arrêtés et causent en anglais, — langue qui est généralement employée à Back-Cup. Il me sera donc possible de comprendre ce qu'ils disent.

Précisément, il est question de Thomas Roch, ou plutôt de son Fulgurateur.

« Dans huit jours, dit Ker Karraje, je compte prendre la mer avec l'*Ebba*, et je rapporterai les diverses pièces, qui doivent être achevées dans l'usine de la Virginie...

— Et lorsqu'elles seront en notre possession, répond l'ingénieur Serkö, je m'occuperai d'en opérer ici le montage et d'établir les châssis de lancement. Mais, auparavant, il est nécessaire de procéder à un travail qui me paraît indispensable...

— Et qui consistera?... demande Ker Karraje.

— A percer la paroi de l'îlot.

— La percer?...

— Oh! rien qu'un couloir assez étroit pour ne donner passage qu'à un seul homme, une sorte de boyau facile à obstruer, et dont l'orifice extérieur sera dissimulé au milieu des roches.

— A quoi bon, Serkö?...

— J'ai souvent réfléchi à l'utilité d'avoir une communication avec le dehors autrement que par le tunnel sous-marin... On ne sait ce qui peut arriver dans l'avenir...

— Mais ces parois sont si épaisses et d'une substance si dure... fait observer Ker Karraje.

— Avec quelques grains de l'explosif Roch, répond l'ingénieur Serkö, je me charge de réduire la roche en si fine poussière qu'il n'y aura plus qu'à souffler dessus! »

On comprend de quel intérêt devait être pour moi ce sujet de conversation.

Voici qu'il était question d'ouvrir une communication, autre que le tunnel, entre l'intérieur et l'extérieur de Back-Cup... Qui sait s'il ne se présenterait pas quelque chance ?...

Or, au moment où je me faisais cette réflexion, Ker Karraje répondait :

« C'est entendu, Serkö, et s'il était nécessaire un jour de défendre Back-Cup, empêcher qu'aucun navire pût en approcher... Il faudrait, il est vrai, que notre retraite eût été découverte, soit par hasard... soit par suite d'une dénonciation...

— Nous n'avons à craindre, répond l'ingénieur Serkö, ni hasard ni dénonciation...

— De la part d'un de nos compagnons, non, sans doute, mais de la part de ce Simon Hart...

— Lui ! s'écrie l'ingénieur Serkö. C'est qu'alors il serait parvenu à s'échapper... et l'on ne s'échappe pas de Back-Cup !... D'ailleurs, je l'avoue, ce brave homme m'intéresse... C'est un collègue, après tout, et j'ai toujours le soupçon qu'il en sait plus qu'il ne dit sur l'invention de Thomas Roch... Je le chapitrerai de telle sorte que nous finirons par nous entendre, par causer physique, mécanique, balistique, comme une paire d'amis...

— N'importe ! reprend ce généreux et sensible comte d'Artigas, Lorsque nous serons en possession du secret tout entier, mieux vaudra se débarrasser de...

— Nous avons le temps, Ker Karraje...

— Si Dieu vous le laisse, misérables !... » ai-je pensé, en comprimant mon cœur qui battait avec violence.

Et pourtant, sans une prochaine intervention de la Providence, que pourrais-je espérer ?...

La conversation change alors de cours, et Ker Karraje de faire cette observation :

« Maintenant que nous connaissons la composition de l'explosif

Serkö, il faut à tout prix que Thomas Roch nous livre celle du déflagrateur...

— C'est indispensable, réplique l'ingénieur Serkö, et je m'ap-
plique à l'y décider. Par malheur, Thomas Roch refuse de discuter
là-dessus. D'ailleurs, il a déjà fabriqué quelques gouttes de ce déflagrateur qui ont servi à essayer l'explosif, et il nous en fournira lorsqu'il s'agira de percer le couloir...

— Mais... pour nos expéditions en mer... demanda Ker Karraje.

— Patience... nous finirons par avoir entre nos mains toutes les
foudres de son Fulgurateur...

— Es-tu sûr, Serkö?..

— Sûr... en y mettant le prix, Ker Karraje. »

L'entretien se termina sur ces mots, puis les deux hommes s'éloi-
gnent, sans m'avoir aperçu — très heureusement. Si l'ingénieur
Serkö a pris quelque peu la défense d'un collègue, le comte d'Artigas me parait animé d'intentions moins bienveillantes à mon égard.
Au moindre soupçon, on m'enverrait dans le lagon, et, si je fran-
chissais le tunnel, ce ne serait qu'à l'état de cadavre, emporté par
la mer descendante.

— 21 août. — Le lendemain, l'ingénieur Serkö est venu reconnaître en quel endroit il conviendrait d'effectuer le percement du
couloir, de manière qu'au dehors on ne pût soupçonner son existence.
Après de minutieuses recherches, il est décidé que le percement
s'effectuera dans la paroi du nord, à dix mètres avant les premières
cellules de Bee-Hive.

J'ai hâte que ce couloir soit achevé. Qui sait s'il ne servira pas à
ma fuite?... Ah! si j'avais su nager, peut-être aurais-je déjà tenté de
m'évader par le tunnel, puisque je connais exactement la place de son
orifice. En effet, lors de la lutte dont le lagon a été le théâtre, quand
les eaux se sont dénivelées sous le dernier coup de queue de la
baleine, la partie supérieure de cet orifice s'est un instant dégagée...
Je l'ai vu. . Eh bien... est-ce qu'il ne découvre pas dans les grandes
marées?.. Aux époques de pleine et de nouvelle lune, alors que la

mer atteint son maximum de dépression au-dessous du niveau moyen, il est possible que... Je m'en assurerai!

A quoi cette constatation pourra me servir, je l'ignore, mais je ne dois rien négliger pour m'enfuir de Back-Cup.

— 29 août. — Ce matin, j'assiste au départ du tug. Il s'agit sans doute de ce voyage à l'un des ports d'Amérique afin de prendre livraison des engins qui doivent être fabriqués.

Le comte d'Artigas s'entretient quelques instants avec l'ingénieur Serkö, qui, paraît-il, ne doit point l'accompagner, et auquel il me semble faire certaines recommandations dont je pourrais bien être l'objet. Puis, après avoir mis le pied sur la plate-forme de l'appareil, il descend à l'intérieur, suivi du capitaine Spade et de l'équipage de l'*Ebba*. Dès que son panneau est refermé, le tug s'enfonce sous les eaux, dont un léger bouillonnement trouble un instant la surface.

Les heures se passent, la journée s'achève. Puisque le tug n'est pas revenu à son poste, j'en conclus qu'il va remorquer la goélette pendant ce voyage... peut-être aussi détruire les navires qui croisent sur ces parages?...

Cependant, il est probable que l'absence de la goélette sera de courte durée, car une huitaine de jours doivent suffire pour l'aller et le retour.

Du reste, l'*Ebba* a chance d'être favorisée par le temps, si j'en juge par le calme de l'atmosphère qui règne à l'intérieur de la caverne. Nous sommes, d'ailleurs, dans la belle saison, étant donnée la latitude des Bermudes. Ah! si je pouvais trouver une issue à travers les parois de ma prison!...

XIII

A DIEU VAT!...

— *Du 29 août au 10 septembre.* — Treize jours se sont écoulés, et l'*Ebba* n'est pas encore de retour. N'est-elle donc pas directement allée à la côte américaine?... S'est-elle attardée à quelques pirateries au large de Back-Cup?... Il me semble, cependant, que Ker. Karraje ne devrait se préoccuper que de rapporter les engins. Il est vrai, peut-être l'usine de la Virginie n'avait-elle pas achevé leur fabrication?...

Au surplus, l'ingénieur Serkö ne me paraît pas autrement pris d'impatience. Il me fait toujours l'accueil que l'on sait, avec son air bon enfant, auquel je n'ai point lieu de me fier, et pour cause. Il affecte de s'informer de mon état de santé, m'engage à la plus complète résignation, m'appelle Ali-Baba, m'assure qu'il n'existe pas à la surface de la terre un lieu plus enchanteur que cette caverne des Mille et une Nuits, que j'y suis nourri, chauffé, logé, habillé, sans avoir à payer ni impôt ni taxe, et que, même à Monaco, les habitants de cette heureuse principauté ne jouissent pas d'une existence plus exempte de soucis...

Quelquefois, devant ce verbiage ironique, je sens la rougeur me monter au visage. La tentation me vient de sauter à la gorge de cet impitoyable railleur, de l'étrangler en un tour de main... On me tuera après... Et qu'importe?... Ne vaut-il pas mieux finir ainsi que d'être condamné à vivre des années et des années dans cet infâme milieu de Back-Cup?..

Toutefois, la raison retrouve son empire et, finalement, je me borne à hausser les épaules.

Quant à Thomas Roch, c'est à peine si je l'ai aperçu pendant les premiers jours qui ont suivi le départ de l'*Ebbà*. Enfermé dans son laboratoire, il s'occupe sans cesse de ses manipulations multiples: A supposer qu'il utilise toutes les substances mises à sa disposition, il aura de quoi faire sauter Back-Cup et les Bermudes avec!

Je me rattache toujours à l'espoir qu'il ne consentira jamais à livrer la composition du déflagrateur, et que les efforts de l'ingénieur Serkö n'aboutiront point à lui acheter ce dernier secret... Cet espoir ne sera-t-il pas déçu?...

— 13 *septembre*. — Aujourd'hui, de mes yeux, j'ai pu constater la puissance de l'explosif et observer, en même temps, de quelle façon s'emploie le déflagrateur.

Dans la matinée, les hommes ont commencé le percement de la paroi à l'endroit préalablement choisi pour établir la communication avec la base extérieure de l'îlot.

Sous la direction de l'ingénieur, les travailleurs ont débuté en attaquant le pied de la muraille, dont le calcaire, extrêmement dur, pourrait être comparé au granit. C'est avec le pic, manié par des bras vigoureux, que furent portés les premiers coups. A n'employer que cet instrument, le travail eût été très long et très pénible, puisque la paroi ne mesure pas moins de vingt à vingt-cinq mètres d'épaisseur en cette partie du soubassement de Back-Cup. Mais, grâce au Fulgurateur Roch, il sera possible d'achever ce travail en un assez court délai.

Ce que j'ai vu est bien pour me stupéfier. Le désagrégement de la paroi que le pic n'entamait pas sans grande dépense de force, s'est opéré avec une facilité vraiment extraordinaire.

Oui! quelques grammes de cet explosif suffisent à broyer la masse rocheuse, à l'émietter, à la réduire en une poussière presque impalpable que le moindre souffle disperse comme une vapeur! Oui! — je le répète, — cinq à dix grammes, dont l'explosion produit une exca-

vation d'un mètre cube, avec un bruit sec que l'on peut comparer à
la détonation d'une pièce d'artillerie, due au formidable ébranlement
des couches d'air.

La première fois qu'on s'est servi de cet explosif, bien qu'il fût
employé à une si minuscule dose, plusieurs des hommes, qui se
trouvaient trop rapprochés de la paroi, furent renversés. Deux se
relevèrent blessés grièvement, et l'ingénieur Serkö lui-même, qui
avait été rejeté à quelques pas, ne s'en tira pas sans de rudes
contusions.

Voici comment on opère avec cette substance, dont la force brisante
dépasse tout ce qu'on a inventé jusqu'à ce jour :

Un trou, long de cinq centimètres sur une section de dix milli-
mètres, est préalablement percé en sens oblique dans la roche.
Quelques grammes de l'explosif y sont introduits, et il n'est même
pas nécessaire d'obstruer le trou au moyen d'une bourre.

Alors intervient Thomas Roch. Sa main tient un petit étui de verre,
contenant un liquide bleuâtre, d'apparence huileuse, et très prompt
à se coaguler dès qu'il subit le contact de l'air. Il en verse une goutte
à l'orifice du trou, puis se retire sans trop de hâte. Il faut, en effet, un
certain temps, — trente-cinq secondes environ, — pour que la combinaison du déflagrateur et de l'explosif se produise. Et alors, quand
elle est faite, la puissance de désagrégement est telle, — j'y insiste,
— qu'on peut la croire illimitée, — et, en tous cas, des milliers
de fois supérieure à celle des centaines d'explosifs actuellement
connus.

Dans ces conditions, on le conçoit, le percement de cette épaisse et
dure paroi sera achevé en une huitaine de jours.

— 19 *septembre.* — Depuis quelque temps, j'ai observé que le
phénomène du flux et du reflux, qui se manifeste très sensiblement
à travers le tunnel sous-marin, produit des courants en sens contraire,
deux fois par vingt-quatre heures. Il n'est donc pas douteux qu'un
objet flottant, jeté à la surface du lagon, serait entraîné au dehors
par le jusant, si l'orifice du tunnel découvrait à sa partie supérieure.

Je lance le tonnelet. (Page 165.)

Or, ce découvrement n'arrive-t-il pas au plus bas étage des marées d'équinoxe ?... Je vais pouvoir m'en assurer, puisque nous sommes précisément à cette époque. Après-demain, c'est le 21 septembre, et aujourd'hui, 19, j'ai déjà vu se dessiner le sommet de la courbure au-dessus de l'eau à mer basse.

Eh bien, si je ne puis moi-même tenter le passage du tunnel, est-ce qu'une bouteille, jetée à la surface du lagon, n'aurait pas

quelque chance de passer pendant les dernières minutes du jusant?...
Et pourquoi un hasard — hasard ultra-providentiel, j'en conviens, —
ne ferait-il pas que cette bouteille fût recueillie par un navire au large
de Back-Cup?... Pourquoi même les courants ne la jetteraient-ils pas
sur une des plages des Bermudes?... Et si cette bouteille contenait une notice...

Telle est l'idée qui me travaille l'esprit. Puis les objections se présentent, — celle-ci entre autres : c'est qu'une bouteille risque de se
briser soit en traversant le tunnel, soit en heurtant les récifs exté-
rieurs avant d'avoir atteint le large... Oui... mais si elle était rem-
placée par un baril, hermétiquement fermé, un tonnelet semblable
à ceux qui soutiennent les filets de pêche, ce baril ne serait pas
exposé aux mêmes chances de bris que la fragile bouteille et pourrait
gagner la pleine mer...

— 20 *septembre*. — Ce soir, je suis entré inaperçu dans l'un des
magasins où sont entassés divers objets provenant du pillage des
navires, et j'ai pu me procurer un tonnelet très convenable pour
ma tentative.

Après avoir caché ce tonnelet sous mon vêtement, je retourne à
Bee-Hive et je rentre dans ma cellule. Puis, sans perdre un instant,
je me mets à l'œuvre.

Papier, encre, plume, rien ne me manque, puisque voilà trois mois
que j'ai pu prendre les notes quotidiennes qui sont consignées en ce
récit.

Je trace sur une feuille les lignes suivantes :

« Depuis le 19 juin, après un double enlèvement opéré le 15 du
« même mois, Thomas Roch et son gardien Gaydon, ou plutôt l'ingé-
« nieur français Simon Hart, qui occupaient le pavillon 17, à Health-
« ful-House, près New-Berne, Caroline du Nord, États-Unis d'Amé-
« rique, ont été conduits à bord de la goélette *Ebba*, appartenant au
« comte d'Artigas. Tous deux, actuellement, sont enfermés à l'inté-
« rieur d'une caverne, qui sert de retraite au susdit comte d'Artigas,

« de son vrai nom Ker Karraje, le pirate qui exerçait autrefois sur
« les parages de l'Ouest-Pacifique, et à la centaine d'hommes dont
« se compose la bande de ce redoutable malfaiteur. Lorsqu'il aura
« en sa possession le Fulgurateur Roch, d'une puissance pour ainsi
« dire sans limites, Ker Karraje pourra continuer ses actes de pira-
« terie dans des conditions où l'impunité de ses crimes lui sera
« plus assurée.

    « Ainsi, il est urgent que les États intéressés détruisent son repaire
« dans le plus bref délai.

    « La caverne où s'est réfugié le pirate Ker Karraje est ménagée à
« l'intérieur de l'îlot de Back-Cup, qui est à tort considéré comme un
« volcan en éruption. Situé à l'extrémité ouest de l'archipel des Ber-
« mudes, défendu par des récifs à l'est, il est d'abord franc au sud,
« à l'ouest et au nord.

    « Quant à la communication entre le dehors et le dedans, elle n'est
« encore possible que par un tunnel, qui s'ouvre à quelques mètres
« au-dessous de la surface moyenne des eaux, au fond d'une étroite
« passe à l'ouest. Aussi, pour pénétrer à l'intérieur de Back-Cup,
« est-il nécessaire d'avoir un appareil sous-marin — du moins tant
« que ne sera pas achevé le couloir que l'on est en train de percer
« dans la partie nord-ouest.

    « Le pirate Ker Karraje dispose d'un appareil de ce genre, — celui-
« là même que le comte d'Artigas avait fait construire et qui est
« censé avoir péri, pendant ses expériences, dans la baie de Char-
« leston. Ce tug s'emploie, non seulement aux entrées et aux sorties
« par le tunnel, mais aussi à remorquer la goélette comme à attaquer
« les navires de commerce qui fréquentent les parages des Bermudes.

    « Cette goélette, l'*Ebba*, bien connue sur le littoral de l'Ouest-
« Amérique, a pour unique port d'attache une petite crique, abritée
« derrière un entassement de roches, invisible du large, et située à
« l'ouest de l'îlot.

    « Ce qu'il convient de faire, avant d'opérer un débarquement sur
« Back-Cup et de préférence sur la partie de l'ouest, où s'étaient

« installés autrefois les pêcheurs bermudiens, c'est d'ouvrir une
« brèche dans sa paroi avec les plus puissants projectiles à la méli-
« nite. Après le débarquement, cette brèche permettra de pénétrer
« à l'intérieur de Back-Cup.

   « Il faut aussi prévoir le cas où le Fulgurateur Roch serait en
« mesure de fonctionner. Il serait possible que Ker Karraje, surpris par
« une attaque, cherchât à l'employer pour défendre Back-Cup. Qu'on
« le sache bien, si sa puissance destructive dépasse tout ce qu'on a
« imaginé jusqu'à ce jour, elle ne s'étend que sur une zone de dix-sept
« à dix-huit cents mètres. Quant à la distance de cette zone dange-
« reuse, elle est variable; mais le réglage du tir une fois établi est
« très long à modifier, et un navire qui aurait dépassé la dite zone
« pourrait s'approcher impunément de l'îlot.

   « Ce document est écrit aujourd'hui, 20 septembre, huit heures du
« soir, et signé de mon nom.

« Ingénieur SIMON HART. »

   Tel est le libellé de la notice que je viens de rédiger. Elle dit tout
ce qu'il y avait à dire au sujet de l'îlot, dont le gisement exact est
porté sur les cartes modernes, comme au sujet de la défense de
Back-Cup, que Ker Karraje tentera peut-être d'organiser, et de l'importance qu'il y a d'agir sans retard. J'y ai joint un plan de la caverne, indiquant sa configuration interne, l'emplacement du lagon,
les dispositions de Bee-Hive, les places qu'occupent l'habitation de
Ker Karraje, ma cellule, le laboratoire de Thomas Roch. Mais il faut
que cette notice soit recueillie, et le sera-t-elle jamais?...

   Enfin, après avoir enveloppé ce document d'un fort morceau de toile
goudronnée, je le place dans le tonnelet, cerclé de fer, qui mesure environ quinze centimètres de long sur huit centimètres de large. Il est
parfaitement étanche, ainsi que je m'en suis assuré, et en état de
résister aux chocs, soit pendant la traversée du tunnel, soit contre
les récifs du dehors.

   Il est vrai, au lieu d'arriver en mains sûres, ne court-il pas le risque

d'être lancé par le reflux sur les roches de l'îlot, d'être trouvé par l'équipage de l'*Ebba*, lorsque la goélette se rend au fond de la crique?...
Si ce document tombe en la possession de Ker Karraje, signé de mon
nom, révélant le sien, je n'aurai plus à me préoccuper des moyens de
fuir Back-Cup, et mon sort sera vite réglé...

La nuit est venue. On devine si je l'ai attendue avec une fiévreuse impatience! D'après mes calculs, basés sur des observations
précédentes, l'étale de la mer basse doit se produire à huit heures
quarante-cinq, et, à ce moment, la partie supérieure de l'orifice
découvrira de cinquante centimètres à peu près. La hauteur entre la
surface des eaux et la voûte du tunnel sera plus que suffisante pour
le passage du tonnelet. Je compte, d'ailleurs, l'envoyer une demi-
heure avant l'étale, afin que le jusant, qui se propagera encore du
dedans au dehors, puisse l'entraîner.

Vers huit heures, au milieu de la pénombre, je quitte ma cellule.
Personne sur les berges. Je me dirige vers la paroi dans laquelle est
percé le tunnel. A la clarté de la dernière lampe électrique allumée
de ce côté, je vois l'orifice arrondir son arc supérieur au-dessus des
eaux, et le courant prendre cette direction.

Après être descendu sur les roches jusqu'au niveau du lagon, je
lance le tonnelet, qui renferme la précieuse notice, et, avec elle, tout
mon espoir :

« A Dieu vat, ai-je répété, à Dieu vat! » comme disent nos
marins français.

Le petit baril, d'abord stationnaire, revient vers la berge sous
l'action d'un remous. Il me faut le repousser avec force, afin que le
reflux le saisisse...

C'est fait, et, en moins de vingt secondes, il a disparu à travers le
tunnel...

Oui!... A Dieu vat!... Que le Ciel te conduise, mon petit tonnelet!... Qu'il protège tous ceux que Ker Karraje menace, et puisse
cette bande de pirates ne pas échapper aux châtiments de la justice
humaine !

XIV

Toute cette nuit sans sommeil, j'ai suivi ce tonnelet par la pensée. Que de fois il m'a semblé le voir se heurter aux roches, accoster la crique, s'arrêter dans quelque excavation... Une sueur froide me courait de la tête aux pieds... Enfin, le tunnel est franchi... le tonnelet s'engage à travers la passe... le jusant le conduit en pleine mer... Grand Dieu! si le flot allait le ramener à l'entrée, puis à l'intérieur de Back-Cup... si, le jour venu, je l'apercevais...

Levé dès les premières lueurs de l'aube, je m'achemine vers la grève...

Là, je regarde... Aucun objet ne flotte sur les eaux tranquilles du lagon.

Les jours suivants, on a continué le travail de percement du couloir dans les conditions que l'on sait. L'ingénieur Serkö fait sauter la dernière roche à quatre heures de l'après-midi du 23 septembre. La communication est établie, — rien qu'un étroit boyau, où il faut se courber, mais cela suffit. A l'extérieur, son orifice se perd au milieu des éboulis du littoral, et il serait facile de l'obstruer, si cette mesure devenait nécessaire.

Il va sans dire qu'à partir de ce jour, ce couloir va être sévèrement gardé. Personne, sans autorisation, ne pourra y passer ni pour pénétrer dans la caverne ni pour en sortir... Donc, impossible de s'échapper par là...

— *25 septembre.* — Aujourd'hui, dans la matinée, le tug est remonté des profondeurs du lagon à sa surface. Le comte d'Artigas, le

capitaine Spade, l'équipage de la goélette, accostent la jetée. On
procède au débarquement des marchandises rapportées par l'*Ebba*.
J'aperçois un certain nombre de ballots pour le ravitaillement de
Back-Cup, des caisses de viandes et de conserves, des fûts de vin
et d'eau-de-vie, — en outre plusieurs colis destinés à Thomas Roch.
En même temps, les hommes mettent à terre les diverses pièces
des engins qui affectent la forme discoïde.

Thomas Roch assiste à cette opération. Son œil brille d'un feu
extraordinaire Après avoir saisi une de ces pièces, il l'examine, il
hoche la tête en signe de satisfaction. J'observe que sa joie n'éclate
point en propos incohérents, qu'il n'a plus rien en lui de l'ancien
pensionnaire de Healthful-House. J'en viens même à me demander
si cette folie partielle, que l'on croyait incurable, n'est pas radicalement guérie?...

Enfin Thomas Roch s'embarque dans le canot affecté au service
du lagon, et l'ingénieur Serkö l'accompagne à son laboratoire. En
une heure, toute la cargaison du tug a été transportée sur l'autre rive.

Quant à Ker Karraje, il n'a échangé que quelques mots avec l'ingénieur Serkö. Plus tard, tous deux se sont rencontrés dans l'après-
midi, et ont conversé longuement en se promenant devant Bee-Hive.

L'entretien terminé, ils se dirigent vers le couloir, et y pénètrent,
suivis du capitaine Spade. Que ne puis-je m'y introduire derrière
eux!... Que ne puis-je aller respirer, ne fût-ce qu'un instant, cet air
vivifiant de l'Atlantique, dont Back-Cup ne reçoit, pour ainsi dire,
que les souffles épuisés!...

— *Du 26 septembre au 10 octobre.* — Quinze jours viennent de
s'écouler. Sous la direction de l'ingénieur Serkö et de Thomas Roch,
on a travaillé à l'ajustement des engins. Puis, on s'est occupé du
montage des supports de lancement. Ce sont de simples chevalets,
munis d'augets, dont l'inclinaison est variable, et qu'il sera facile
d'installer à bord de l'*Ebba* ou même sur la plate-forme du tug
maintenu à fleur d'eau.

Ainsi donc, Ker Karraje va être maître des océans rien qu'avec sa

Je rejoignis le lieutenant Davon. (Page 177.)

goélette!... Aucun navire de guerre ne pourra traverser la zone dangereuse et l'*Ebba* se tiendra hors de portée de ses projectiles!... Ah!
si du moins ma notice avait été recueillie... si l'on connaissait ce
repaire de Back-Cup!... On saurait bien, sinon le détruire, du moins
empêcher son ravitaillement!...

— 20 *octobre*. — A mon extrême surprise, ce matin, je n'ai plus
aperçu le tug à son poste habituel. Je me rappelle que, la veille, on

Cette lumière qui s'avançait sur nous. (Page 180.)

a renouvelé les éléments de ses piles; mais je pensais que c'était pour les avoir en état. S'il est parti, à présent que le nouveau couloir est praticable, c'est qu'il s'agit de quelque expédition sur ces parages. En effet, rien ne manque plus à Back-Cup des pièces et substances nécessaires à Thomas Roch.

Cependant nous voici dans la saison de l'équinoxe. La mer des Bermudes est troublée par de fréquentes tempêtes. Les rafales

22

s'y déchaînent avec une effroyable turbulence. Cela se sent aux violents coups d'air, qui s'engouffrent par le cratère de Back-Cup, aux tourbillonnantes vapeurs mêlées de pluie dont s'emplit la vaste caverne, et aussi à l'agitation des eaux du lagon, qui balayent de leurs embruns les roches des berges.

Mais est-il certain que la goélette ait quitté la crique de Back-Cup?... N'est-elle pas d'un trop faible gabarit, — même avec l'aide de son remorqueur, — pour affronter des mers si mauvaises?...

D'autre part, comment admettre que le tug, bien qu'il ne doive rien craindre de la houle, puisqu'il retrouve les eaux calmes à quelques mètres au-dessous de leur surface, ait entrepris un voyage sans accompagner la goélette?...

Je ne sais à quelle cause attribuer ce départ de l'appareil sous-marin, — départ qui va se prolonger, car il n'est pas revenu dans la journée.

Cette fois, l'ingénieur Serkö est resté à Back-Cup. Seuls, Ker Karraje, le capitaine Spade, les équipages du tug et de l'*Ebba* ont quitté l'îlot...

L'existence se continue dans son habituelle et affadissante mono-tonie, au milieu de cette colonie d'emmurés. Je passe des heures entières au fond de mon alvéole, méditant, espérant, désespérant, me rattachant, par un lien qui s'affaiblit chaque jour, à ce tonnelet abandonné au caprice des courants — et rédigeant ces notes, qui ne me survivront probablement pas...

Thomas Roch est constamment occupé dans son laboratoire — à la fabrication de son déflagrateur, je pense. Je suis toujours féru de cette idée qu'il ne voudra vendre à aucun prix la composition de ce liquide... Mais je sais aussi qu'il n'hésiterait pas à mettre son invention au service de Ker Karraje.

Je rencontre souvent l'ingénieur Serkö, alors que mes promenades m'amènent aux environs de Bee-Hive. Cet homme se montre chaque fois disposé à s'entretenir avec moi... sur le ton d'une impertinente légèreté, il est vrai.

Nous causons de choses et d'autres, — rarement de ma situation, à propos de laquelle il est inutile de récriminer, ce qui m'attirerait de nouvelles railleries.

— *22 octobre.* — Aujourd'hui, j'ai cru devoir demander à l'ingénieur Serkö si la goélette avait repris la mer avec le tug.

« Oui, monsieur Simon Hart, répondit-il, et, quoique le temps soit détestable au large, de vrais coups de chien, n'ayez point de crainte pour notre chère *Ebba !*...

— Est-ce que son absence doit se prolonger ?...

— Nous l'attendons sous quarante-huit heures... C'est le dernier voyage que le comte d'Artigas s'est décidé à entreprendre avant que les tempêtes de l'hiver aient rendu ces parages absolument impraticables.

— Voyage d'agrément... ou d'affaires ?... » ai-je répliqué.

L'ingénieur Serkö me répond en souriant :

« Voyage d'affaires, monsieur Hart, voyage d'affaires ! A l'heure qu'il est, nos engins sont achevés, et, le beau temps revenu, nous n'aurons plus qu'à reprendre l'offensive...

— Contre de malheureux navires...

— Aussi malheureux... que richement chargés !

— Actes de piraterie, dont l'impunité ne vous sera pas toujours assurée, je l'espère ! me suis-je écrié.

— Calmez-vous, mon cher collègue, calmez-vous !... Vous le savez de reste, personne ne découvrira jamais notre retraite de Back-Cup, personne ne pourra jamais en dévoiler le secret !... Et d'ailleurs, avec ces engins d'un si facile maniement et d'une puissance si terrible, il nous serait facile d'anéantir tout navire qui passerait dans un certain rayon de l'îlot...

— A la condition, ai-je dit, que Thomas Roch vous ait vendu la composition de son déflagrateur comme il vous a vendu celle de son Fulgurateur...

— Cela est fait, monsieur Hart, et je dois vous enlever toute inquiétude à cet égard. »

De cette réponse catégorique, j'aurais dû conclure que le malheur est consommé, si, à l'intonation hésitante de sa voix, je n'avais senti une fois de plus qu'il ne fallait pas s'en rapporter aux paroles de l'ingénieur Serkö.

— *25 octobre.* — L'effrayante aventure à laquelle je viens d'être mêlé, et comment n'y ai-je pas laissé la vie !... C'est miracle que je puisse aujourd'hui reprendre le cours de ces notes interrompu pendant quarante-huit heures !... Avec un peu plus de bonne chance, j'eusse été délivré !... Je serais présentement dans un des ports des Bermudes, Saint-Georges ou Hamilton... Les mystères de Back-Cup seraient dévoilés... La goélette signalée à toutes les nations, ne pourrait se montrer dans aucun port, et le ravitaillement de Back-Cup deviendrait impossible... Les bandits de Ker Karraje seraient condamnés à y mourir de faim !...

Voici ce qui s'est passé :

Le soir du 23 octobre, vers huit heures, j'avais quitté ma cellule dans un indéfinissable état de nervosité, comme si j'eusse éprouvé le pressentiment de quelque événement grave et prochain. En vain avais-je voulu demander un peu de calme au sommeil. Désespérant de dormir, j'étais sorti.

Au dehors de Back-Cup, il devait faire très mauvais temps. Les rafales pénétraient à travers le cratère, et soulevaient une sorte de houle à la surface du lagon.

Je me dirigeai du côté de la berge de Bee-Hive.

Personne à cette heure. Température assez basse, atmosphère humide. Tous les frelons de la ruche étaient blottis au fond de leurs alvéoles.

Un homme gardait l'orifice du couloir, bien que, par surcroit de précaution, ce couloir fût obstrué à son issue sur le littoral. De la place qu'il occupait, cet homme ne pouvait apercevoir les berges. Au surplus, je ne vis que deux lampes allumées au-dessus de la rive droite et de la rive gauche du lagon, en sorte qu'une profonde obscurité régnait sous la forêt de piliers.

J'allais ainsi au milieu de l'ombre, lorsque quelqu'un vint à passer près de moi.

Je reconnus Thomas Roch.

Thomas Roch marchait lentement, absorbé dans ses réflexions comme d'habitude, l'imagination toujours tendue, l'esprit toujours en travail.

Ne s'offrait-il pas là une occasion favorable de lui parler, de l'instruire de ce que vraisemblablement il ne savait pas... Il ignore... il doit ignorer en quelles mains est tombée sa personne... Il ne peut se douter que le comte d'Artigas n'est autre que le pirate Ker Karraje... Il ne soupçonne pas à quel bandit il a livré une partie de son invention... Il faut lui apprendre que des millions qui l'ont payée il n'aura jamais la jouissance... Pas plus que moi, il n'aura la liberté de quitter cette prison de Back-Cup... Oui!... Je ferai appel à ses sentiments d'humanité, aux malheurs dont il sera responsable, s'il ne garde pas ses derniers secrets...

J'en étais là de mes réflexions, lorsque je me sentis vivement saisir par derrière.

Deux hommes me tenaient les bras, et un troisième se dressa devant moi.

Je voulus appeler.

« Pas un cri! me dit cet homme qui s'exprimait en anglais. N'êtes-vous pas Simon Hart ?...

— Comment savez-vous ?...

— Je vous ai vu sortir de votre cellule...

— Qui êtes-vous donc ?...

— Le lieutenant Davon, de la marine britannique, officier à bord du *Standard*, en station aux Bermudes. »

Il me fut impossible de répondre, tant j'étais suffoqué par l'émotion.

« Nous venons vous arracher des mains de Ker Karraje, et enlever avec vous l'inventeur français Thomas Roch... ajoute le lieutenant Davon.

— Thomas Roch?... ai-je balbutié.

— Oui... Le document, signé de votre nom, a été recueilli sur
une grève de Saint-Georges...

— Dans un tonnelet, lieutenant Davon... un tonnelet que j'ai lancé
sur les eaux de ce lagon...

— Et qui contenait, répondit l'officier, la notice par laquelle nous
avons appris que l'îlot de Back-Cup servait de refuge à Ker Karraje
et à sa bande... Ker Karraje, ce faux comte d'Artigas, l'auteur du
double enlèvement de Healthful-House...

— Ah! lieutenant Davon...

— Maintenant, pas un instant à perdre... Il faut profiter de
l'obscurité...

— Un seul mot, lieutenant Davon... Comment avez-vous pu pénétrer à l'intérieur de Back-Cup?...

— Au moyen du bateau sous-marin le *Sword*, qui, depuis six
mois, était en expérience à Saint-Georges...

— Un bateau sous-marin?...

— Oui... il nous attend au pied de ces roches.

— Là... là!... ai-je répété.

— Monsieur Hart, où est le tug de Ker Karraje?...

— Parti depuis trois semaines...

— Ker Karraje n'est pas à Back-Cup?...

— Non, mais nous l'attendons d'un jour et même d'une heure
à l'autre...

— Qu'importe! répondit le lieutenant Davon. Ce n'est pas de Ker
Karraje qu'il s'agit... c'est de Thomas Roch que nous avons mission
d'enlever... avec vous, monsieur Hart... Le *Sword* ne quittera pas
le lagon, sans que vous soyez tous deux à bord!... S'il ne reparaissait
pas à Saint-Georges, cela signifierait que j'aurais échoué... et on
recommencerait...

— Où est le *Sword*, lieutenant?...

— De ce côté... dans l'ombre de la grève, où l'on ne peut l'apercevoir. Grâce à vos indications, mon équipage et moi, nous avons
reconnu l'entrée du tunnel sous-marin. Le *Sword* l'a heureusement

franchi... Il y a dix minutes qu'il est remonté à la surface du lagon...
Deux de mes hommes m'ont accompagné sur cette berge... Je vous
ai vu sortir de la cellule indiquée sur votre plan... Savez-vous où est
à présent Thomas Roch ?...

— A quelques pas d'ici... Il vient de passer et se dirigeait vers
son laboratoire...

— Dieu soit béni, monsieur Hart !

— Qu'il le soit, lieutenant Davon ! »

Le lieutenant, les deux hommes et moi, nous prîmes le sentier
qui contourne le lagon. A peine fûmes-nous éloignés d'une dizaine
de mètres que j'aperçus Thomas Roch. Se jeter sur lui, le bâillonner
avant qu'il eût pu pousser un cri, l'attacher avant qu'il eût pu faire
un mouvement, le transporter à l'endroit où était amarré le *Sword*,
cela s'accomplit en moins d'une minute.

Ce *Sword* était une embarcation submersible d'une douzaine de
tonneaux seulement, — par conséquent de dimensions et de puissance
très inférieures à celles du tug. Deux dynamos, actionnées par des
accumulateurs, qui avaient été chargés douze heures avant dans le
port de Saint-Georges, imprimaient le mouvement à son hélice. Mais,
quel qu'il fût, ce *Sword* devait suffire à nous sortir de notre prison,
à nous rendre la liberté, — cette liberté à laquelle je ne croyais
plus!... Enfin Thomas Roch allait être arraché des mains de Ker
Karraje et de l'ingénieur Serkö... Ces coquins ne pourraient utiliser
son invention... Et rien n'empêcherait des navires d'approcher de
l'îlot, d'opérer un débarquement, de forcer l'entrée du couloir, de
s'emparer des pirates...

Nous n'avions rencontré personne pendant que les deux hommes
transportaient Thomas Roch. Nous sommes descendus tous à l'intérieur du *Sword*... le panneau supérieur s'est fermé... les compartiments à eau se sont remplis... le *Sword* s'est immergé... Nous
étions sauvés...

Le *Sword*, divisé en trois sections par des cloisons étanches,
était aménagé de la sorte. La première section, contenant les accu-

Il est soulevé par l'éperon. (Page 182.)

mulateurs et la machinerie, s'étendait depuis le maître-bau jusqu'à
l'arrière. La seconde, celle du pilote, occupait le milieu de l'embarcation, surmontée d'un périscope à verres lenticulaires, d'où par-
taient les rayons d'un fanal électrique qui permettait de se diriger
sous les eaux. La troisième était à l'avant, et c'est là que Thomas
Roch et moi nous avions été renfermés.

Il va sans dire que mon compagnon, s'il avait été délivré du bâillon

Serkô m'écoute avec une profonde attention. (Page 185.)

qui l'étouffait, n'était pas dégagé de ses liens, et je doutais qu'il eût
conscience de ce qui se passait...

Mais nous avions hâte de partir, avec l'espoir d'être à Saint-Georges
cette nuit même, si aucun obstacle ne nous arrêtait...

Après avoir poussé la porte de la cloison, je rejoignis le lieutenant
Davon dans le second compartiment, près de l'homme préposé à la
manœuvre du gouvernail.

Dans le compartiment de l'arrière, trois autres hommes, y compris le mécanicien, attendaient les ordres du lieutenant pour mettre le propulseur en mouvement.

« Lieutenant Davon, dis-je alors, je pense qu'il n'y a aucun inconvénient à laisser Thomas Roch seul... Si je puis vous être utile pour gagner l'orifice du tunnel...

— Oui... restez près de moi, monsieur Hart. »

Il était alors huit heures trente-sept — exactement. Les rayons électriques, projetés à travers le périscope, éclairaient d'une vague lueur les couches dans lesquelles se maintenait le *Sword*. A partir de la berge près de laquelle il stationnait, il serait nécessaire de traverser le lagon sur toute sa longueur. Trouver l'orifice du tunnel serait certainement une difficulté, non insurmontable. Dût-on longer l'accore des rives, il était impossible qu'on ne le découvrît pas, même en un temps relativement court. Puis, le tunnel franchi à petite vitesse, en évitant de heurter ses parois, le *Sword* remonterait à la surface de la mer et ferait route sur Saint-Georges.

« A quelle profondeur sommes-nous?... demandai-je au lieutenant.

— A quatre mètres cinquante. ·

— Il n'est pas nécessaire de s'immerger davantage, répondis-je D'après ce que j'ai observé pendant la grande marée d'équinoxe, nous devons être dans l'axe du tunnel.

— *All right !* » répondit le lieutenant.

Oui! *All right*, et il me semblait que la Providence prononçait ces mots par la bouche de l'officier... De fait, elle n'aurait pu choisir un meilleur agent de ses volontés!

J'ai regardé le lieutenant à la lueur du fanal. C'est un homme de trente ans, froid, flegmatique, la physionomie résolue, — l'officier anglais dans toute son impassibilité native, — pas plus ému qu'il ne l'eût été à bord du *Standard*, opérant avec un extraordinaire sang-froid, je dirais même avec la précision d'une machine.

« En traversant le tunnel, me dit-il, j'ai estimé sa longueur à une quarantaine de mètres...

— Oui... d'une extrémité à l'autre, lieutenant Davon... une quarantaine de mètres. »

Et, en effet, ce chiffre devait être exact, puisque le couloir percé au niveau du littoral ne mesurait que trente mètres environ.

Ordre fut donné au mécanicien d'actionner l'hélice. Le *Sword* avança avec une extrême lenteur, par crainte de collision contre la berge.

Parfois il s'en approchait assez pour qu'une masse noirâtre s'estompât au fond du fuseau lumineux projeté par le fanal. Un coup de barre rectifiait alors la direction. Mais si la conduite d'un bateau sous-marin est déjà difficile en pleine mer, combien davantage sous les eaux de ce lagon !

Après cinq minutes de marche, le *Sword*, dont la plongée était maintenue entre quatre et cinq mètres, n'avait pas encore atteint l'orifice du tunnel.

En ce moment, je dis :

« Lieutenant Davon, peut-être serait-il sage de revenir à la surface, afin de mieux reconnaitre la paroi où se trouve l'orifice ?...

— C'est mon avis, monsieur Hart, si vous pouvez l'indiquer exactement...

— Je le puis.

— Bien. »

Par prudence, le courant du fanal fut interrompu, le milieu liquide redevint obscur. Sur l'ordre qu'il reçut, le mécanicien mit les pompes en fonction, et le *Sword*, délesté, remonta peu à peu à la surface du lagon.

Je restai à ma place, afin de relever la position à travers les lentilles du périscope.

Enfin le *Sword* arrêta son mouvement ascensionnel, émergeant d'un pied au plus.

De ce côté, éclairé par la lampe de la berge, je reconnus la paroi de Bee-Hive.

« Votre avis ?.. me demande le lieutenant Davon.

— Nous sommes trop au nord... L'orifice est dans l'ouest de la caverne.

— Il n'y a personne sur les berges ?...

— Personne.

— C'est au mieux, monsieur Hart. Nous allons rester à fleur d'eau. Puis, lorsque le *Sword*, sur votre indication, sera devant la paroi, il se laissera couler... »

C'était le meilleur parti à prendre, et le pilote mit le *Sword* dans l'axe même du tunnel, après l'avoir éloigné de la berge dont il l'avait trop rapproché. La barre fut redressée légèrement, et, poussé par son hélice, l'appareil se mit en bonne direction.

Lorsque nous n'étions plus qu'à une dizaine de mètres, je commandai de stopper. Dès que le courant fut interrompu, le *Sword* s'arrêta, ouvrit ses prises d'eau, remplit ses réservoirs, s'enfonça avec lenteur.

Alors le fanal du périscope fut remis en activité, et, désignant dans la partie sombre de la paroi une sorte de cercle noir qui ne réfléchissait pas les rayons du fanal :

« Là... là... le tunnel ! » m'écriai-je.

N'était-ce pas la porte par laquelle j'allais m'échapper de cette prison ?... N'était-ce pas la liberté qui m'attendait au large ?...

Le *Sword* se mut en douceur vers l'orifice...

Ah !... l'horrible malchance, et comment avais-je pu résister à ce coup ?... Comment mon cœur ne s'était-il pas brisé ?...

Une vague lueur apparaissait à travers les profondeurs du tunnel, moins de vingt mètres en avant. Cette lumière, qui s'avançait sur nous, ne pouvait être que la lumière projetée par le look-out du bateau sous-marin de Ker Karraje.

« Le tug !... ai-je crié. Lieutenant... voici le tug qui rentre à Back-Cup !...

— Machine arrière ! » ordonna le lieutenant Davon.

Et le *Sword* recula au moment où il allait s'engager à travers le tunnel.

Peut-être une chance nous restait-elle d'échapper, car d'une main rapide, le lieutenant avait éteint notre fanal, et il était possible que ni le capitaine Spade ni aucun de ses compagnons n'eussent aperçu le *Sword*... Peut-être, en s'écartant, livrerait-il passage au tug... Peut-être sa masse obscure se confondrait-elle avec les basses couches du lagon... Peut-être le tug passerait-il sans le voir?... Lorsqu'il aurait regagné son poste de mouillage, le *Sword* se remettrait en direction... et donnerait dans l'orifice...

L'hélice du *Sword* tournant à contre, nous avons rebroussé vers la berge du côté sud... Encore quelques instants, et le *Sword* n'aurait plus qu'à stopper...

Non!... Le capitaine Spade avait reconnu la présence d'un bateau sous-marin, prêt à s'engager à travers le tunnel, et il se disposait à le poursuivre sous les eaux du lagon... Que pourrait cette frêle embarcation lorsqu'elle serait attaquée par le puissant appareil de Ker Karraje?...

Le lieutenant Davon me dit alors :

« Retournez dans le compartiment où se trouve Thomas Roch, monsieur Hart... Fermez la porte, tandis que je vais fermer celle du compartiment de l'arrière... Si nous sommes abordés, il est possible que, grâce à ses cloisons, le *Sword* se soutienne entre deux eaux... »

Après avoir serré la main du lieutenant, dont le sang-froid ne se démentait pas devant ce danger, je regagnai l'avant près de Thomas Roch... Je refermai la porte, et j'attendis dans une obscurité complète.

Alors j'eus le sentiment ou plutôt l'impression des manœuvres que faisait le *Sword* pour échapper au tug, ses portées, ses girations, ses plongées. Tantôt il évoluait brusquement afin d'éviter un choc; tantôt il remontait à la surface, ou s'immergeait jusqu'aux extrêmes profondeurs du lagon. S'imagine-t-on cette lutte des deux appareils sous ces eaux troublées, évoluant comme deux monstres marins d'inégale puissance?

Quelques minutes s'écoulèrent... Je me demandais si la poursuite n'était pas suspendue, si le *Sword* n'avait pas enfin pu s'élancer à travers le tunnel...

Une collision se produisit... Il ne sembla pas que ce choc eût été très violent... Mais je ne pus me faire illusion, — c'était bien le *Sword* qui venait d'être abordé par sa hanche de tribord... Peut-être, cependant, sa coque de tôle avait-elle résisté?... Et même, dans le cas contraire, peut-être l'eau n'avait-elle envahi qu'un des compartiments?...

Presque aussitôt un second choc repoussa le *Sword* avec une extrême violence, cette fois. Il fut comme soulevé par l'éperon du tug, contre lequel il se scia, pour ainsi dire, en se rabattant. Puis, je sentis qu'il se redressait, l'avant en haut, et qu'il coulait à pic sous la surcharge d'eau dont s'était rempli le compartiment de l'arrière...

Brusquement, sans avoir pu nous retenir aux parois, Thomas Roch et moi, nous fûmes culbutés l'un sur l'autre... Enfin, après un dernier heurt qui provoqua un bruit de tôles déchirées, le *Sword* ragua le fond et devint immobile...

A partir de ce moment, que s'était-il passé?... Je ne savais, ayant perdu connaissance.

Depuis, je viens d'apprendre que des heures, — de longues heures — s'étaient écoulées. Tout ce qui me revient à la mémoire, c'est que ma dernière pensée avait été :

« Si je meurs, du moins Thomas Roch et son secret meurent avec moi... et les pirates de Back-Cup n'échapperont pas au châtiment de leurs crimes ! »

XV

ATTENTE.

Aussitôt mes sens repris, j'observe que je suis étendu sur le cadre de ma cellule, où, paraît-il, je repose depuis trente heures.

Je ne suis pas seul. L'ingénieur Serkö est près de moi. Il m'a fait donner tous les soins nécessaires, il m'a soigné lui-même, — non comme un ami, je pense, mais comme l'homme dont on attend d'indispensables explications, quitte à se débarrasser de lui, si l'intérêt commun l'exige.

Assez faible encore, je serais incapable de faire un pas. Peu s'en est fallu que j'aie été asphyxié au fond de cet étroit compartiment du *Sword*, tandis qu'il gisait sous les eaux du lagon. Suis-je en état de répondre aux questions que l'ingénieur Serkö brûle de m'adresser relativement à cette aventure?... Oui... mais je me tiendrai sur une extrême réserve.

Et, tout d'abord, je me demande où sont le lieutenant Davon et l'équipage du *Sword*. Ces courageux Anglais ont-ils péri dans la collision?... Sont-ils sains et saufs, ainsi que nous le sommes, — car je suppose que Thomas Roch a survécu comme moi, après le double choc du tug et du *Sword*?...

La première question de l'ingénieur Serkö est celle-ci :

« Expliquez-moi ce qui s'est passé, monsieur Hart? »

Au lieu de répondre, l'idée me vient d'interroger.

« Et Thomas Roch?... ai-je demandé.

— En bonne santé, monsieur Hart... Que s'est-il passé?... répète-t-il d'un ton impérieux.

— Avant tout, apprenez-moi, ai-je dit, ce que sont devenus... les autres?...

— Quels autres?... réplique l'ingénieur Serkö, dont l'œil commence à me lancer de mauvais regards.

— Ces hommes qui se sont jetés sur moi et sur Thomas Roch, ces hommes qui nous ont bâillonnés... emportés... enfermés... où?... je ne le sais même pas! »

Toute réflexion faite, le mieux est de soutenir que j'ai été surpris, ce soir-là, par une agression brusque, pendant laquelle je n'ai eu le temps ni de me reconnaître ni de reconnaître les auteurs de cette agression.

« Ces hommes, répond l'ingénieur Serkö, vous saurez de quelle manière l'affaire a fini pour eux... Mais, auparavant, dites-moi comment les choses se sont passées... »

Et, à l'intonation menaçante que prend sa voix en répétant cette question formulée pour la troisième fois, je comprends de quels soupçons je suis l'objet. Et, cependant, pour être en mesure de m'accuser de relations avec le dehors, il faudrait que le tonnelet contenant ma notice fût tombé entre les mains de Ker Karraje... Or cela n'est pas, puisque ce tonnelet a été recueilli par les autorités des Bermudes... Une telle accusation à mon égard ne reposerait sur rien de sérieux.

Aussi me suis-je borné à raconter que, la veille, vers huit heures du soir, je me promenais sur la berge, après avoir vu Thomas Roch se diriger du côté de son laboratoire, lorsque trois hommes m'ont saisi par derrière... Un bâillon sur la bouche et les yeux bandés, je me suis senti entraîné, puis descendu dans une sorte de trou avec une autre personne que j'ai cru reconnaître à ses gémissements pour mon ancien pensionnaire... J'eus la pensée que nous étions à bord d'un appareil flottant... et tout naturellement, que ce devait être à bord du tug qui était de retour?... Puis, il m'a semblé que cet appareil s'enfonçait sous les eaux... Alors, un choc m'a renversé au fond de ce trou, l'air a bientôt manqué... et, finalement, j'ai perdu connaissance... Je ne savais rien de plus...

NOMBRE D'OISEAUX MARINS PÉNÈTRENT... (Page 190.)

L'ingénieur Serkö m'écoute avec une profonde attention, l'œil dur, le front plissé, et, cependant, rien ne l'autorise à croire que je ne lui aie pas dit la vérité.

« Vous prétendez que trois hommes se sont jetés sur vous?... me demande-t-il.

— Oui... et j'ai cru que c'étaient de vos gens... Je ne les avais pas vus s'approcher... Qui sont-ils ?

— Des étrangers que vous avez dû reconnaitre à leur langage?...

— Ils n'ont pas parlé.

— Vous ne soupçonnez pas de quelle nationalité?...

— Aucunement.

— Vous ignorez quelles étaient leurs intentions en pénétrant à l'intérieur de la caverne?...

— Je l'ignore.

— Et quelle est votre idée là-dessus?...

— Mon idée, monsieur Serkö?... Je vous le répète, j'ai cru que deux ou trois de vos pirates étaient chargés de me jeter dans le lagon par ordre du comte d'Artigas... qu'ils allaient en faire autant de Thomas Roch... que, possesseurs de tous ses secrets, — ainsi que vous me l'avez affirmé, — vous n'aviez plus qu'à vous débarrasser de lui comme de moi...

— Vraiment, monsieur Hart, cette pensée a pu naître dans votre cerveau... répond l'ingénieur Serkö, sans reprendre néanmoins son ton d'habituelle raillerie.

— Oui... mais elle n'a pas persisté, je l'avoue, lorsque, m'étant débarrassé de mon bandeau, j'ai pu voir qu'on m'avait descendu dans un des compartiments du tug.

— Ce n'était pas le tug, c'était un bateau du même genre qui s'est introduit par le tunnel...

— Un bateau sous-marin?... me suis-je écrié.

— Oui... et monté par des hommes chargés de vous enlever avec Thomas Roch...

— Nous enlever?... dis-je, en continuant de feindre la surprise.

24

— Et, ajouta l'ingénieur Serkö, je vous demande ce que vous pensez de cette affaire...

— Ce que j'en pense?... Mais elle ne me paraît comporter qu'une seule explication plausible. Si le secret de votre retraite n'a pas été trahi, — et je ne sais comment une trahison aurait pu se produire ni quelle imprudence vous et les vôtres auriez pu commettre, — mon avis est que ce bateau sous-marin, en cours d'expériences sur ces parages, a découvert par hasard l'orifice du tunnel... qu'après s'y être engagé, il a remonté à la surface du lagon... que son équipage, très surpris de se trouver à l'intérieur d'une caverne renfermant un certain nombre d'habitants, s'est emparé des premiers qu'il a rencontrés... Thomas Roch... moi... d'autres peut-être... car enfin j'ignore... »

L'ingénieur Serkö est redevenu très sérieux. Sent-il l'inanité de l'hypothèse que j'essaie de lui suggérer?... Croit-il que j'en sais plus que je ne veux dire?... Quoi qu'il en soit, il semble accepter ma réponse, et il ajoute :

« En effet, monsieur Hart, les choses ont dû se passer de cette façon, et lorsque le bateau étranger a voulu s'engager à travers le tunnel, au moment où le tug en sortait, il y a eu collision... une collision dont il a été la victime... Mais nous ne sommes point gens à laisser périr nos semblables... D'ailleurs, votre disparition et celle de Thomas Roch avaient été presque aussitôt constatées... Il fallait à tout prix sauver deux existences si précieuses... On s'est mis à la besogne... Nous avons d'habiles scaphandriers parmi nos hommes... Ils sont descendus dans les profondeurs du lagon... ils ont passé des amarres sous la coque du *Sword*...

— Le *Sword*?... ai-je observé.

— C'est le nom que nous avons lu sur l'avant de ce bateau, quand il fut ramené à la surface... Quelle satisfaction, lorsque nous vous avons retrouvé, — sans connaissance, il est vrai, — mais respirant encore, et quel bonheur d'avoir pu vous rappeler à la vie!... Par malheur, à l'égard de l'officier qui commandait le *Sword* et de son équipage, nos soins ont été inutiles... Le choc avait crevé les compartiments du milieu et de l'arrière qu'ils occupaient, et ils ont payé de leur existence cette mauvaise chance... due au seul hasard, comme vous dites... d'avoir envahi notre mystérieuse retraite. »

En apprenant la mort du lieutenant Davon et de ses compagnons, mon cœur s'est serré affreusement. Mais, pour rester fidèle à mon rôle, comme c'étaient des gens que je ne connaissais pas... que j'étais censé ne pas connaître... il a fallu me contenir... L'essentiel, en effet, est de ne donner aucun motif de soupçonner une connivence entre l'officier du *Sword* et moi... Qui sait, en somme, si l'ingénieur Serkö attribue cette arrivée du *Sword* au « seul hasard », s'il n'a pas ses raisons pour admettre, provisoirement du moins, l'explication que j'ai imaginée ?...

En fin de compte, cette inespérée occasion de recouvrer ma liberté est perdue... et se représentera-t-elle ?... Dans tous les cas, on sait à quoi s'en tenir sur le pirate Ker Karraje, puisque ma notice est parvenue entre les mains des autorités anglaises de l'archipel... Le *Sword* ne reparaissant pas aux Bermudes, nul doute que de nouveaux efforts soient tentés contre l'ilot de Back-Cup, où, sans cette malencontreuse coïncidence, — la rentrée du tug au moment de la sortie du *Sword*, — je ne serais plus prisonnier à cette heure !

J'ai repris mon existence habituelle, et, n'ayant inspiré aucune défiance, je suis toujours libre d'aller et de venir à l'intérieur de la caverne.

Il est constant que cette dernière aventure n'a eu aucune fâcheuse conséquence pour Thomas Roch. Des soins intelligents l'ont sauvé comme ils m'ont sauvé moi-même. En toute plénitude de ses facultés intellectuelles, il s'est remis au travail et passe des journées entières dans son laboratoire.

Quant à l'*Ebba*, elle a rapporté de son dernier voyage des ballots, des caisses, quantité d'objets de provenances diverses, et j'en conclus que plusieurs bâtiments ont été pillés au cours de cette dernière campagne de piraterie.

Cependant le travail est poursuivi avec activité en ce qui concerne l'établissement des chevalets. Le nombre des engins s'élève à une cinquantaine. Si Ker Karraje et l'ingénieur Serkö se voyaient dans l'obligation de défendre Back-Cup, trois ou quatre suffiraient à garantir l'ilot de toute approche, étant donné qu'ils couvrent une zone sur laquelle aucun navire ne pourrait entrer sans être anéanti. Et, j'y songe, n'est-il pas probable qu'ils vont mettre Back-Cup en état de défense, après avoir raisonné de la façon suivante :

« Si l'apparition du *Sword* dans les eaux du lagon n'a été que l'effet du hasard, rien n'est changé à notre situation, et nulle puis-sance, pas même l'Angleterre, n'aura la pensée d'aller rechercher le *Sword* sous la carapace de l'ilot. Si, au contraire, par suite d'une incompréhensible révélation, on a appris que Back-Cup est devenu la retraite de Ker Karraje, et si l'expédition du *Sword* a été une première tentative faite contre l'ilot, on doit s'attendre à une seconde dans des conditions différentes, soit une attaque à distance, soit une tentative de débarquement. Donc, avant que nous ayons pu quitter Back-Cup et emporter nos richesses, il faut employer le Fulgurateur Roch pour la défensive. »

A mon sens, ce raisonnement a dû même être poussé plus loin, et ces malfaiteurs se seront dit :

« Y a-t-il connexité entre cette révélation, de quelque façon qu'elle ait eu lieu, et le double enlèvement de Healthful-House?... Sait-on que Thomas Roch et son gardien sont enfermés à Back-Cup?... Sait-on que c'est au profit du pirate Ker Karraje que cet enlèvement a été effectué?... Américains, Anglais, Français, Allemands, Russes, ont-ils lieu de craindre que toute attaque de vive force contre l'ilot soit condamnée à l'insuccès?... »

Pourtant, à supposer que tout cela soit connu, si grands même que soient les dangers, Ker Karraje a dû comprendre que l'on ne reculerait pas. Un intérêt de premier ordre, un devoir de salut public et d'humanité, exigent l'anéantissement de son repaire. Après avoir écumé autrefois les mers de l'Ouest-Pacifique, le pirate et ses

complices infestent maintenant les parages de l'Ouest-Atlantique...
Il faut les détruire à n'importe quel prix !

Dans tous les cas, et rien qu'à tenir compte de cette dernière
hypothèse, une surveillance constante s'impose à ceux qui habitent
la caverne de Back-Cup. Aussi, à partir de ce jour, est-elle organisée
dans les conditions les plus sévères. Grâce au couloir, et sans qu'il
soit besoin de franchir le tunnel, les pirates ne cessent de veiller au
dehors. Cachés entre les basses roches du littoral, ils observent nuit
et jour les divers points de l'horizon, se relevant matin et soir par
escouades de douze hommes. Toute apparition de navire au large,
toute approche d'embarcation quelconque, seraient immédiatement
relevées.

Rien de nouveau pendant les journées suivantes, qui se succèdent avec une désespérante monotonie. En réalité, on sent que
Back-Cup ne jouit plus de sa sécurité d'autrefois. Il y règne comme
une vague et décourageante inquiétude. A chaque instant, on craint
d'entendre ce cri : Alerte ! alerte ! jeté par les veilleurs du littoral.
La situation n'est plus ce qu'elle était avant l'arrivée du *Sword*.
Brave lieutenant Davon, brave équipage, que l'Angleterre, que
les États civilisés n'oublient jamais que vous avez sacrifié votre vie
pour la cause de l'humanité !

Il est évident que, maintenant, et quelque puissants que soient
leurs moyens de défense, plus encore que ne le serait un barrage tor-
pédique, Ker Karraje, l'ingénieur Serkö, le capitaine Spade sont
en proie à des troubles qu'ils essaient vainement de dissimuler.
Aussi ont-ils de fréquents conciliabules. Peut-être agitent-ils la question d'abandonner Back-Cup en emportant leurs richesses, car si
cette retraite est connue, on saura bien la réduire, ne fût-ce que par
la famine.

J'ignore ce qu'il y a de vrai à cet égard, mais l'essentiel est qu'on
ne me soupçonne pas d'avoir lancé à travers le tunnel ce tonnelet
si providentiellement recueilli aux Bermudes. Jamais, — je le constate, — l'ingénieur Serkö ne m'a fait d'allusion à cet égard. Non!

Je ne suis ni suspecté, ni suspect. S'il en était autrement, je connais assez le caractère du comte d'Artigas pour savoir qu'il m'aurait déjà envoyé rejoindre dans l'abîme le lieutenant Davon et l'équipage du *Sword*.

Ces parages sont désormais visités journellement par les grandes tempêtes hivernales. D'effroyables rafales hurlent à la cime de l'îlot.

Les tourbillons d'air, qui se propagent à travers la forêt des piliers, produisent de superbes sonorités, comme si cette caverne formait la caisse d'harmonie d'un gigantesque instrument. Et ces mugissements sont tels, par instants, qu'ils couvriraient les détonations d'une artillerie d'escadre. Nombre d'oiseaux marins, fuyant la tourmente, pénètrent à l'intérieur, et, durant les rares accalmies, nous assourdissent de leurs cris aigus.

Il est à présumer que, par de si mauvais temps, la goélette ne pourrait tenir la mer. Il n'en est pas question, d'ailleurs, puisque l'approvisionnement de Back-Cup est assuré pour toute la saison. J'imagine aussi que le comte d'Artigas sera dorénavant moins empressé d'aller promener son *Ebba* le long du littoral américain, où il y risquerait d'être reçu, non plus avec les égards dus à un riche yachtman, mais avec l'accueil que mérite le pirate Ker Karraje!

Toutefois, j'y songe, si l'apparition du *Sword* a été le début d'une campagne contre l'îlot dénoncé à la vindicte publique, une question se pose, — question de la dernière gravité pour l'avenir de Back-Cup.

Aussi, un jour, — très prudemment, ne voulant exciter aucun soupçon, — je me hasarde à tâter l'ingénieur Serkö sur ce sujet.

Nous étions dans le voisinage du laboratoire de Thomas Roch. La conversation durait depuis quelques minutes, lorsque l'ingénieur Serkö revint à me parler de cette extraordinaire apparition d'un bateau sous-marin de nationalité anglaise dans les eaux du lagon. Cette fois, il me parut incliner à croire qu'il y avait peut-être eu là une tentative faite contre la bande de Ker Karraje.

« Ce n'est pas mon avis, ai-je répondu, afin d'arriver à la question que je voulais lui poser.

— Et pourquoi ?... me demande-t-il.

— Parce que si votre retraite était connue, un nouvel effort aurait été tenté déjà, sinon pour pénétrer dans la caverne, du moins pour détruire Back-Cup.

— Le détruire !... s'écrie l'ingénieur Serkö, le détruire !... Ce serait au moins très dangereux avec les moyens de défense dont nous disposons maintenant !...

— Cela, on l'ignore, monsieur Serkö. On ne sait, ni dans l'ancien ni dans le nouveau continent, que l'enlèvement de Healthful-House a été effectué à votre profit... que vous êtes parvenu à traiter de son invention avec Thomas Roch... »

L'ingénieur Serkö ne répond rien à cette observation, qui, d'ailleurs, est sans réplique.

Je continue en disant :

« Donc, une escadre, envoyée par les puissances maritimes qui ont intérêt à l'anéantissement de cet îlot, n'hésiterait pas à s'en approcher... à l'accabler de ses projectiles... Or, puisque cela ne s'est pas encore fait, c'est que cela ne doit pas se faire, c'est qu'on ne sait rien de ce qui concerne Ker Karraje... Et, vous voudrez bien en convenir, c'est l'hypothèse la plus heureuse pour vous...

— Soit, répond l'ingénieur Serkö, mais ce qui est... est. Qu'on le sache ou non, si des navires de guerre s'approchent à quatre ou cinq milles de l'îlot, ils seront coulés avant d'avoir pu faire usage de leurs pièces !

— Soit, dis-je à mon tour, et après ?...

— Après ?... La probabilité est que d'autres n'oseront plus s'y risquer...

— Soit, toujours ! Mais ces navires vous investiront en dehors de la zone dangereuse, et, d'autre part, l'*Ebba* ne pourra plus se rendre dans les ports qu'elle fréquentait autrefois avec le comte d'Artigas !... Dès lors, comment parviendrez-vous à assurer le ravitaillement de l'îlot ? »

L'ingénieur Serkö garde le silence.

Plusieurs compagnons sont allés prendre leur poste. (Page 1%.)

Cette question qui a dû déjà le préoccuper, il est incontestable qu'il n'a pu la résoudre... Et je pense bien que les pirates songent à abandonner Back-Cup...

Cependant, ne voulant point se laisser, par mes observations, mettre au pied du mur :

« Il nous restera toujours le tug, dit-il, et ce que l'*Ebba* ne pourrait plus faire, il le ferait... »

J'ai là de quoi les anéantir. (Page 20?.)

— Le tug!... me suis-je écrié. Si l'on connait les secrets de Ker
Karraje, serait-il admissible qu'on ne connût pas aussi l'existence du
bateau sous-marin du comte d'Artigas ?... »

L'ingénieur Serkö me jette un regard soupçonneux.

« Monsieur Simon Hart, dit-il, vous me paraissez pousser un
peu loin vos déductions...

— Moi, monsieur Serkö ?...

— Oui... et je trouve que vous parlez de tout cela en homme qui en saurait plus long qu'il ne convient! »

Cette remarque me coupe net. Il est évident que mon argumentation risque de donner à penser que j'ai pu être pour une part dans ces derniers événements. Les yeux de l'ingénieur Serkö sont implacablement dardés sur moi, ils me percent le crâne, ils me fouillent le cerveau...

Toutefois, je ne perds rien de mon sang-froid, et, d'un ton tranquille, je réponds :

« Monsieur Serkö, par métier comme par goût, je suis habitué à raisonner sur toutes choses. C'est pourquoi je vous ai communiqué le résultat de mon raisonnement, dont vous tiendrez ou ne tiendrez pas compte, à votre convenance. »

Là-dessus, nous nous séparons. Mais, faute d'avoir gardé une suffisante réserve, peut-être ai-je inspiré des soupçons contre lesquels il ne me sera pas aisé de réagir...

De cet entretien, en somme, je garde ce précieux renseignement : c'est que la zone que le Fulgurateur Roch interdit aux bâtiments est établie entre quatre et cinq milles... Peut-être à la prochaine marée d'équinoxe... une notice dans un second tonnelet?... Il est vrai, que de longs mois à attendre avant que l'orifice du tunnel ne découvre à mer basse!... Et puis, cette nouvelle notice arriverait-elle à bon port comme la première?...

Le mauvais temps continue, et les rafales sont plus effroyables que jamais, — ce qui est habituel à la période hivernale des Bermudes. Est-ce donc l'état de la mer qui retarde une autre campagne contre Back-Cup?... Le lieutenant Davon m'avait pourtant affirmé que, si son expédition échouait, si on ne voyait pas revenir le *Sword* à Saint-Georges, la tentative serait reprise dans des conditions différentes, afin d'en finir avec ce repaire de bandits... Il faut bien que l'œuvre de justice s'accomplisse tôt ou tard et amène la destruction complète de Back-Cup... dussé-je ne pas survivre à cette destruction !...

Ah! que ne puis-je aller respirer, ne fût-ce qu'un instant, l'air vivifiant du dehors!... Que ne m'est-il permis de jeter un regard au lointain horizon des Bermudes!... Toute ma vie se concentre sur ce désir, — franchir le couloir, atteindre le littoral, me cacher entre les roches... Et qui sait si je ne serais pas le premier à apercevoir les fumées d'une escadre faisant route vers l'îlot?...

Par malheur, ce projet est irréalisable, puisque des hommes de garde sont postés, jour et nuit, aux deux extrémités du couloir. Personne ne peut y pénétrer sans l'autorisation de l'ingénieur Serkö. A l'essayer, je me verrais menacé de perdre la liberté de circuler à l'intérieur de la caverne — et même de pis...

En effet, depuis notre dernière conversation, il me semble que l'ingénieur Serkö a changé d'allure vis-à-vis de moi. Son regard, jusque-là railleur, est devenu défiant, soupçonneux, inquisiteur, aussi dur que celui de Ker Karraje!

— 17 *novembre.* — Aujourd'hui, dans l'après-midi, une vive agitation s'est produite à Bee-Hive. On se précipite hors des cellules... Des cris éclatent de toutes parts.

Je me jette à bas de mon cadre, je sors en toute hâte.

Les pirates courent du côté du couloir, à l'entrée duquel se trouvent Ker Karraje, l'ingénieur Serkö, le capitaine Spade, le maître d'équipage Effrondat, le mécanicien Gibson, le Malais au service du comte d'Artigas.

Ce qui provoque ce tumulte, je ne tarde pas à l'apprendre, car les veilleurs viennent de rentrer en jetant le cri d'alarme.

Plusieurs navires sont signalés vers le nord-ouest, — des bâtiments de guerre, qui marchent à toute vapeur dans la direction de Back-Cup.

XVI

ENCORE QUELQUES HEURES.

Quel effet produit sur moi cette nouvelle, et de quelle indicible émotion toute·mon âme est saisie!... Le dénouement de cette situation approche, je le sens... Puisse-t-il être tel que le réclament la civilisation et l'humanité!

Jusqu'à présent, j'ai rédigé mes notes jour par jour. Désormais, il importe que je les tienne au courant heure par heure, minute par minute. Qui sait si le dernier secret de Thomas Roch ne va pas m'être révélé, si je n'aurai pas eu le temps de l'y consigner?... Si je péris pendant l'attaque, Dieu veuille qu'on retrouve sur mon cadavre le récit des cinq mois que j'ai passés dans la caverne de Back-Cup!

Tout d'abord, Ker Karraje, l'ingénieur Serkö, le capitaine Spade et plusieurs autres de leurs compagnons sont allés prendre leur poste sur la base extérieure de l'ilot. Que ne donnerais-je pas pour qu'il me fût possible de les suivre, de me blottir entre les roches, d'observer les navires signalés au large...

Une heure plus tard, tous reviennent à Bee-Hive, après avoir laissé une vingtaine d'hommes en surveillance. Comme, à cette époque, les jours sont déjà de très courte durée, il n'y a rien à craindre avant le lendemain. Du moment qu'il ne s'agit pas d'un débarquement, et, dans l'état de défense où les assaillants doivent supposer Back-Cup, il est inadmissible qu'ils puissent songer à une attaque de nuit.

Jusqu'au soir, on a travaillé à disposer les chevalets sur divers points du littoral. Il y en a six, qui ont été transportés par le couloir aux places choisies d'avance.

Cela fait, l'ingénieur Serkö rejoint Thomas Roch dans son laboratoire. Veut-il donc l'instruire de ce qui se passe... lui apprendre qu'une escadre est en vue de Back-Cup... lui dire que son Fulgurateur va servir à la défense de l'ilot?...

Ce qui est certain, c'est qu'une cinquantaine d'engins, chargés chacun de plusieurs kilogrammes de l'explosif et de la matière fusante qui leur assure une trajectoire supérieure à celle de tout autre projectile, sont prêts à faire leur œuvre de destruction.

Quant au liquide du déflagrateur, Thomas Roch en a fabriqué un certain nombre d'étuis, et, — je ne le sais que trop, — il ne refusera pas son concours aux pirates de Ker Karraje!

Pendant ces préparatifs, la nuit est venue. Une demi-obscurité règne au dedans de la caverne, car on n'a allumé que les lampes de Bee-Hive.

Je regagne ma cellule, ayant intérêt à me montrer le moins possible. Les soupçons que j'ai pu inspirer à l'ingénieur Serkö ne se raviveront-ils pas à cette heure où l'escadre s'approche de Back-Cup?...

Mais les navires aperçus conserveront-ils cette direction?... Ne vont-ils pas passer au large des Bermudes et disparaître à l'horizon?... Un instant ce doute s'est présenté à mon esprit... Non... non!... Et d'ailleurs, d'après les relèvements du capitaine Spade, — je viens de l'entendre dire à lui-même, — il est certain que les bâtiments sont restés en vue de l'ilot.

A quelle nation appartiennent-ils?... Les Anglais, désireux de venger la destruction du *Sword*, ont-ils pris seuls la charge de cette expédition?... Des croiseurs d'autres nations ne se sont-ils pas joints à eux?... Je ne sais rien... il m'est impossible de rien savoir!... Eh! qu'importe?... Ce qu'il faut, c'est que cet antre soit détruit, dussé-je être écrasé sous ses ruines, dussé-je périr comme l'héroïque lieutenant Davon et son brave équipage!

Les préparatifs de défense se continuent avec sang-froid et méthode sous la surveillance de l'ingénieur Serkö. Il est visible que ces pirates se croient assurés d'anéantir les assaillants dès qu'ils s'engageront sur la zone dangereuse. Leur confiance dans le Fulgurateur Roch est absolue. Tout à cette pensée féroce que ces navires ne peuvent rien contre eux, ils ne songent ni aux difficultés ni aux menaces de l'avenir!...

A ce que je suppose, les chevalets ont dû être établis sur la partie nord-ouest du littoral, les augets orientés pour envoyer les engins dans les directions du nord, de l'ouest et du sud. Quant à l'est de l'ilot, on le sait, il est défendu par les récifs qui se prolongent du côté des premières Bermudes.

Vers neuf heures, je me hasarde à sortir de ma cellule. On ne fera point attention à moi, et peut-être passerai-je inaperçu au milieu de l'obscurité. Ah! si je parvenais à m'introduire dans le couloir, à gagner le littoral, à me cacher derrière quelque roche!... Être là au lever du jour!... Et pourquoi n'y réussirais-je pas, maintenant que Ker Karraje, l'ingénieur Serkö, le capitaine Spade, les pirates ont pris leur poste au dehors?...

En ce moment, les berges du lagon sont désertes, mais l'entrée du couloir est gardée par le Malais du comte d'Artigas. Je sors, cependant, et, sans idée arrêtée, je m'achemine vers le laboratoire de Thomas Roch. Mes pensées sont concentrées sur mon compatriote!... En y réfléchissant, je suis porté à croire qu'il ignore la présence d'une escadre dans les eaux de Back-Cup. Ce ne sera qu'au dernier instant, sans doute, que l'ingénieur Serkö le mettra brusquement en face de sa vengeance à accomplir!...

Alors cette idée me vient tout à coup de mettre, moi, Thomas Roch en face de la responsabilité de ses actes, de lui révéler, à cette heure suprême, quels sont ces hommes qui veulent le faire concourir à leurs criminels projets...

Oui... je le tenterai, et, au fond de cette âme révoltée contre l'injustice humaine, puissé-je faire vibrer un reste de patriotisme!

Thomas Roch est enfermé dans son laboratoire. Il y doit être seul, car jamais personne n'y a été admis tandis qu'il préparait les substances du déflagrateur...

Je me dirige de ce côté, et, en passant près de la berge du lagon, je constate que le tug est toujours mouillé le long de la petite jetée.

Arrivé en cet endroit, je crois prudent de me glisser entre les premières rangées de piliers, de manière à gagner le laboratoire latéralement, — ce qui me permettra de voir si personne n'est avec Thomas Roch.

Dès que je me suis enfoncé sous ces sombres arceaux, une vive lumière m'apparaît, qui pointe sur l'autre rive du lagon. Cette lumière s'échappe de l'ampoule du laboratoire, et elle projette ses rayons à travers une étroite fenêtre de la devanture.

Sauf à cette place, la berge méridionale est obscure, tandis que, à l'opposé, Bee-Hive est en partie éclairée jusqu'à la paroi du nord. A l'ouverture supérieure de la voûte, au-dessus de l'obscur lagon, brillent quelques scintillantes étoiles. Le ciel est pur, la tempête s'est apaisée, le tourbillon des bourrasques ne pénètre plus à l'intérieur de Back-Cup.

Arrivé près du laboratoire, je rampe le long de la paroi, et, après m'être haussé jusqu'à la vitre, j'aperçois Thomas Roch...

Il est seul. Sa tête, vivement illuminée, se présente de trois quarts. Si ses traits sont tirés, si le pli de son front est plus accusé, du moins sa physionomie dénote une tranquillité parfaite, une pleine possession de lui-même. Non! ce n'est plus le pensionnaire du pavillon 17, le fou de Healthful-House, et je me demande s'il n'est pas radicalement guéri, s'il n'y a plus à redouter que sa raison sombre dans une dernière crise?...

Thomas Roch vient de poser sur un établi deux étuis de verre, et il en tient un troisième à la main. En l'exposant à la lumière de l'ampoule, il observe la limpidité du liquide que cet étui renferme.

J'ai un instant l'envie de me précipiter dans le laboratoire, de saisir ces tubes, de les briser... Mais Thomas Roch n'aurait-il pas le temps d'en fabriquer d'autres?... Mieux vaut m'en tenir à mon premier projet.

Je pousse la porte, j'entre, et je dis :

« Thomas Roch?... »

Il ne m'a pas vu, il ne m'a pas entendu.

« Thomas Roch?... » répétai-je.

Il relève la tête, se retourne, me regarde...

« Ah! c'est vous, Simon Hart! » répond-il d'un ton calme — indifférent même.

Il connaît mon nom. L'ingénieur Serkö a voulu lui apprendre que c'était, non le gardien Gaydon, mais Simon Hart, qui le surveillait à Healthful-House.

« Vous savez?... dis-je.

— Comme je sais dans quel but vous avez rempli près de moi ces fonctions... Oui! vous aviez l'espoir de surprendre un secret qu'on n'avait pas voulu m'acheter à son prix! »

Thomas Roch n'ignore rien, et peut-être est-il préférable que cela soit, eu égard à ce que je veux lui dire.

« Eh bien, vous n'avez pas réussi, Simon Hart, et, en ce qui concerne ceci, ajoute-t-il, tandis qu'il agite le tube de verre, personne n'a réussi encore... ni ne réussira! »

Thomas Roch, ainsi que je m'en doutais, n'a donc pas fait connaître la composition de son déflagrateur!...

Après l'avoir regardé bien en face, je réponds :

« Vous savez qui je suis, Thomas Roch... mais savez-vous chez qui vous êtes ici?...

— Chez moi! » s'écrie-t-il.

Oui! c'est ce que Ker Karraje lui a laissé croire!... A Back-Cup, l'inventeur se croit chez lui... Les richesses accumulées dans cette caverne lui appartiennent... Si on vient attaquer Back-Cup, c'est pour lui voler son bien... et il le défendra... et il a le droit de le défendre!

« Thomas Roch, repris-je, écoutez-moi...

Toute la bande est là au complet. (Page 209.)

— Qu'avez-vous à me dire, Simon Hart?...

— Cette caverne où nous avons été entraînés tous les deux, est occupée par une bande de pirates... »

Thomas Roch ne me laisse pas achever, — je ne sais même s'il m'a compris, — et il s'écrie avec véhémence :

« Je vous répète que les trésors entassés ici sont le prix de mon invention... Ils m'appartiennent... On m'a payé le Fulgurateur Roch

26

ce que j'en demandais... ce qui m'avait été refusé partout ailleurs...
même dans mon propre pays... qui est le vôtre... et je ne me laisserai
pas dépouiller ! »

Que répondre à ces affirmations insensées ?... Je continue cependant en disant :

« Thomas Roch, avez-vous conservé le souvenir de Healthful-House?

— Healthful-House... où l'on m'avait séquestré, après avoir donné
mission au gardien Gaydon d'épier mes moindres paroles... de me
voler mon secret...

— Ce secret, Thomas Roch, je n'ai jamais songé à vous en enlever le bénéfice... Je n'aurais pas accepté une telle mission... Mais
vous étiez malade... votre raison était atteinte... et il ne fallait pas
qu'une telle invention fût perdue... Oui... si vous me l'aviez livrée
dans une de vos crises, vous en eussiez conservé tout le bénéfice et
tout l'honneur !

— Vraiment, Simon Hart! répond dédaigneusement Thomas
Roch. Honneur et bénéfice... c'est me dire cela un peu tard !... Vous
oubliez que l'on m'avait fait jeter dans un cabanon... sous prétexte
de folie... oui! prétexte, car ma raison ne m'a jamais abandonné, pas
même une heure, et vous le voyez bien par tout ce que j'ai fait depuis
que je suis libre...

— Libre !... Vous vous croyez libre, Thomas Roch!... Entre les
parois de cette caverne, n'êtes-vous pas enfermé plus étroitement que
vous ne l'étiez entre les murs de Healthful-House!

— L'homme qui est chez lui, réplique Thomas Roch d'une voix
que la colère commence à surélever, sort comme il lui plaît et
quand il lui plaît!... Je n'ai qu'un mot à dire pour que toutes les
portes s'ouvrent devant moi!... Cette demeure est la mienne!... Le
comte d'Artigas m'en a donné la propriété avec tout ce qu'elle contient!... Malheur à ceux qui viendraient l'attaquer!... J'ai là de quoi
les anéantir, Simon Hart! »

Et, en parlant ainsi, l'inventeur agite fébrilement le tube de verre
qu'il tient à la main.

Je m'écrie alors :

« Le comte d'Artigas vous a trompé, Thomas Roch, comme il en a trompé tant d'autres !... Sous ce nom se cache l'un des plus redoutables malfaiteurs qui aient désolé les mers du Pacifique et de l'Atlantique!... C'est un bandit chargé de crimes... c'est l'odieux Ker Karraje...

— Ker Karraje ! » répète Thomas Roch.

Et je me demande si ce nom ne lui cause pas une certaine impression, si sa mémoire ne lui rappelle pas ce que fut celui qui le porte... En tout cas, je constate que cette impression s'efface presque aussitôt.

« Je ne connais pas ce Ker Karraje, dit Thomas Roch en tendant le bras vers la porte pour m'enjoindre de sortir. Je ne connais que le comte d'Artigas...

— Thomas Roch, ai-je repris en faisant un dernier effort, le comte d'Artigas et Ker Karraje ne sont qu'un seul et même homme!... Si cet homme vous a acheté votre secret, c'est dans le but d'assurer l'impunité de ses crimes, la facilité d'en commettre de nouveaux. Oui... le chef de ces pirates...

— Les pirates... s'écrie Thomas Roch, dont l'irritation s'accroît à mesure qu'il se sent pressé davantage, les pirates, ce sont ceux qui oseraient me menacer jusque dans cette retraite, qui l'ont essayé avec le *Sword* : car Serkö m'a tout appris... qui ont voulu me voler chez moi ce qui m'appartient... ce qui n'est que le juste prix de ma découverte..

— Non, Thomas Roch, ce sont ceux qui vous ont emprisonné dans cette caverne de Back-Cup, qui vont employer votre génie à les défendre, et qui se déferont de vous, lorsqu'ils auront l'entière possession de vos secrets!... »

Thomas Roch m'interrompt à ces mots... Il ne semble plus rien entendre de ce que je lui dis... C'est sa propre pensée qu'il suit et non la mienne, — cette obsédante pensée de vengeance, habilement exploitée par l'ingénieur Serkö, et dans laquelle s'est concentrée toute sa haine.

« Les bandits, reprend-il, ce sont ces hommes qui m'ont repoussé sans vouloir m'entendre... qui m'ont abreuvé d'injustices... qui m'ont écrasé sous les dédains et les rebuts... qui m'ont chassé de pays en pays, alors que je leur apportais la supériorité, l'invincibilité, la toute-puissance!... »

Oui! l'éternelle histoire de l'inventeur qu'on ne veut pas écouter, auquel des indifférents ou des envieux refusent les moyens d'expérimenter ses inventions, de les acheter au prix qu'il les estime... Je la connais... et n'ignore rien non plus de tout ce qui s'est écrit d'exagéré à ce sujet...

A vrai dire, ce n'est pas le moment de discuter avec Thomas Roch... Ce que je comprends, c'est que mes arguments n'ont plus prise sur cette âme bouleversée, sur ce cœur dans lequel les déceptions ont attisé tant de haine, sur ce malheureux qui est la dupe de Ker Karraje et de ses complices!... En lui révélant le véritable nom du comte d'Artigas, en lui dénonçant cette bande et son chef, j'espérais l'arracher à leur influence, lui montrer le but criminel vers lequel on le poussait... Je me suis trompé!... Il ne me croit pas!... Et puis, Artigas ou Ker Karraje, qu'importe!... N'est-ce pas lui, Thomas Roch, le maître de Back-Cup?... N'est-il pas le possesseur de ces richesses que vingt années de meurtres et de rapines y ont entassées?...

Désarmé devant une telle dégénérescence morale, ne sachant plus à quel endroit toucher cette nature ulcérée, cette âme inconsciente de la responsabilité de ses actes, je recule peu à peu vers la porte du laboratoire... Il ne me reste plus qu'à me retirer... Ce qui doit s'accomplir s'accomplira, puisqu'il n'aura pas été en mon pouvoir d'empêcher l'effroyable dénouement dont nous séparent quelques heures à peine.

D'ailleurs, Thomas Roch ne me voit même pas... Il me paraît avoir oublié que je suis là, comme il a oublié tout ce qui vient de se dire entre nous. Il s'est remis à ses manipulations, sans prendre garde qu'il n'est pas seul...

Il n'y a qu'un moyen pour prévenir l'imminente catastrophe... Me précipiter sur Thomas Roch... le mettre hors d'état de nuire... le frapper... le tuer... Oui!... le tuer!... C'est mon droit... c'est mon devoir...

Je n'ai pas d'armes, mais sur cet établi, j'aperçois des outils... un ciseau, un marteau... Qui me retient de fracasser la tête de l'inventeur?... Lui mort, je brise ses tubes, et son invention est morte avec lui!... Les navires pourront s'approcher... débarquer leurs hommes sur Back-Cup... démolir l'îlot à coups de canon!... Ker Karraje et ses complices seront détruits jusqu'au dernier... Devant un meurtre, qui amènera le châtiment de tant de crimes, puis-je hésiter?...

Je me dirige vers l'établi... Un ciseau d'acier est là... Ma main va le saisir...

Thomas Roch se retourne.

Il est trop tard pour le frapper... Une lutte s'ensuivrait... La lutte, c'est le bruit... Les cris seraient entendus... Il y a encore quelques pirates de ce côté... J'entends même des pas qui font grincer le sable de la berge... Je n'ai que le temps de m'enfuir, si je ne veux pas être surpris...

Cependant, une dernière fois, je tente d'éveiller chez l'inventeur les sentiments de patriotisme, et je lui dis :

« Thomas Roch, des navires sont en vue... Ils viennent pour détruire ce repaire!... Peut-être l'un d'eux porte-t-il le pavillon de la France?... »

Thomas Roch me regarde... Il ne savait pas que Back-Cup allait être attaqué, et je viens de le lui apprendre... Les plis de son front se creusent... Son regard s'allume...

« Thomas Roch... oserez-vous tirer sur le pavillon de votre pays... le pavillon tricolore?... »

Thomas Roch relève la tête, la secoue nerveusement, puis fait un geste de dédain.

« Quoi!... votre patrie?...

— Je n'ai plus de patrie, Simon Hart! s'écrie-t-il. L'inventeur rebuté n'a plus de patrie!... Là où il a trouvé asile, là est son pays!... On veut s'emparer de mon bien... je vais me défendre... et malheur... malheur à ceux qui osent m'attaquer!... »

Puis, se précipitant vers la porte du laboratoire, l'ouvrant avec violence :

« Sortez... sortez!... » répète-t-il d'une voix si puissante qu'on doit l'entendre de la berge de Bee-Hive.

Je n'ai pas une seconde à perdre et je m'enfuis.

XVII

UN CONTRE CINQ.

Une heure durant, j'ai erré sous les obscurs arceaux de Back-Cup, entre les arbres de pierre, jusqu'à l'extrême limite de la caverne. C'est de ce côté que j'ai tant de fois cherché une issue, une faille, une lézarde de la paroi, à travers laquelle j'aurais pu me glisser, jusqu'au littoral de l'ilot.

Mes recherches ont été inutiles. A présent, dans l'état où je suis, en proie à d'indéfinissables hallucinations, il me semble que ces parois s'épaississent encore... que les murs de ma prison se rétrécissent peu à peu... qu'ils vont m'écraser...

Combien de temps a duré ce trouble intellectuel?... je ne saurais le dire.

Je me suis alors retrouvé du côté de Bee-Hive, en face de cette cellule où je ne puis espérer ni repos ni sommeil... Dormir, lorsqu'on est en proie à une telle surexcitation cérébrale... dormir, lorsque je touche au dénouement d'une situation qui menaçait de se prolonger pendant de longues années...

Mais, ce dénouement, quel sera-t-il en ce qui me concerne ?... Que dois-je attendre de l'attaque préparée contre Back-Cup, dont je n'ai pas réussi à assurer le succès en mettant Thomas Roch hors d'état de nuire ?... Ses engins sont prêts à s'élancer, dès que les bâtiments auront pénétré sur la zone dangereuse, et, même sans avoir été atteints, ils seront anéantis...

Quoi qu'il en soit, ces dernières heures de la nuit, je suis condamné à les passer au fond de ma cellule. Le moment est venu d'y rentrer. Le jour levé, je verrai ce qu'il conviendra de faire. Et sais-je même si, cette nuit, des détonations ne vont pas ébranler les rochers de Back-Cup... celles du Fulgurateur Roch qui foudroiera les navires avant qu'ils aient pu s'embosser contre l'îlot ?...

A cet instant, je jette un dernier regard aux alentours de Bee-Hive. A l'opposé brille une lumière... une seule... celle du laboratoire dont le reflet frissonne entre les eaux du lagon.

Les berges sont désertes, personne sur la jetée... L'idée me vient que Bee-Hive doit être vide à cette heure, et que les pirates sont allés occuper leur poste de combat...

Alors, poussé par un irrésistible instinct, au lieu de regagner ma cellule, voici que je me glisse le long de la paroi, écoutant, épiant, prêt à me blottir en quelque anfractuosité, si des pas ou des voix se font entendre...

J'arrive ainsi devant l'orifice du couloir...

Dieu puissant !... Personne n'est de garde en cet endroit... Le passage est libre...

Sans prendre le temps de raisonner, je m'élance à travers l'obscur boyau... J'en longe les parois en tâtonnant... Bientôt un air plus frais me baigne le visage, — l'air salin, l'air de la mer, cet air que je n'ai pas respiré depuis cinq longs mois... cet air vivifiant que je hume à pleins poumons...

L'autre extrémité du couloir se découpe sur un ciel pointillé d'étoiles. Aucune ombre ne l'obstrue... et peut-être vais-je pouvoir sortir de Back-Cup...

Après m'être couché à plat ventre, je rampe lentement, sans bruit.

Parvenu près de l'orifice que ma tête dépasse, je regarde...

Personne... personne!

En rasant la base de l'ilot vers l'est, du côté que les récifs rendent inabordable et qui ne doit pas être surveillé, j'atteins une étroite excavation — à deux cents mètres environ de l'endroit où la pointe du littoral s'avance vers le nord-ouest.

Enfin... je suis hors de cette caverne, — non pas libre, mais c'est un commencement de liberté.

Sur la pointe se détache la silhouette de quelques veilleurs immobiles que l'on pourrait confondre avec les roches.

Le firmament est pur, et les constellations brillent de cet éclat intense que leur donnent les froides nuits de l'hiver.

A l'horizon, vers le nord-ouest, comme une ligne lumineuse, se montrent les feux de position des navires.

A diverses ébauches de blancheurs dans la direction du levant, j'estime qu'il doit être environ cinq heures du matin.

— 18 *novembre.* — Déjà la clarté est suffisante, et je vais pouvoir compléter mes notes en relatant les détails de ma visite au laboratoire de Thomas Roch — les dernières lignes que ma main va tracer peut-être...

Je commence à écrire, et, à mesure que des incidents se produiront pendant l'attaque, ils trouveront place sur mon carnet.

La légère et humide vapeur qui embrume la mer ne tarde pas à se dissiper au souffle de la brise. Je distingue enfin les navires signalés...

Ces navires, au nombre de cinq, sont rangés en ligne, à une distance d'au moins six milles, — conséquemment hors de la portée des engins Roch.

Une des craintes que j'avais est donc dissipée, — la crainte que ces bâtiments, après avoir passé en vue des Bermudes, n'eussent continué leur route vers les parages des Antilles et du Mexique...

Le moment est venu. (Page 212.)

Non! ils sont là, stationnaires... attendant le plein jour pour attaquer Back-Cup...

En cet instant, un certain mouvement se produit sur le littoral. Trois ou quatre pirates surgissent d'entre les dernières roches. Les veilleurs de la pointe reviennent en arrière. Toute la bande est là, au complet.

Elle n'a point cherché un abri à l'intérieur de la caverne, sachant

27

bien que les bâtiments ne peuvent s'approcher assez pour que les projectiles de leurs grosses pièces atteignent l'ilot.

Au fond de cette anfractuosité où je suis enfoncé jusqu'à la tête, je ne risque pas d'être découvert, et il n'est pas présumable que l'on vienne de ce côté. Une fâcheuse circonstance pourrait se produire, toutefois : ce serait que l'ingénieur Serkö ou tout autre voulût s'assurer que je suis dans ma cellule et au besoin m'y enfermer... Il est vrai, qu'a-t-on à redouter de moi?...

A sept heures vingt-cinq, Ker Karraje, l'ingénieur Serkö, le capitaine Spade, se portent à l'extrémité de la pointe, d'où ils observent l'horizon du nord-ouest. Derrière eux sont installés les six chevalets, dont les augets soutiennent les engins autopropulsifs. Après avoir été enflammés par le déflagrateur, c'est de là qu'ils partiront en décrivant une longue trajectoire jusqu'à la zone où leur explosion bouleversera l'atmosphère ambiante.

Sept heures trente-cinq. — Quelques fumées se déroulent au-dessus des navires, qui vont appareiller, et venir à portée des engins de Back-Cup.

D'horribles cris de joie, une salve de hurrahs, — je devrais dire de hurlements de bêtes fauves, — sont poussés par cette horde de bandits.

A ce moment, l'ingénieur Serkö quitte Ker Karraje qu'il laisse avec le capitaine Spade; il se dirige vers l'ouverture du couloir et pénètre dans la caverne, où il va certainement chercher Thomas Roch.

A l'ordre que lui donnera Ker Karraje de lancer ses engins contre les navires, Thomas Roch se souviendra-t-il de ce que je viens de lui dire?... Son crime ne lui apparaîtra-t-il pas dans toute son horreur?... Refusera-t-il d'obéir?... Non... je n'en ai que trop la certitude!... Et pourquoi conserverai-je une illusion à ce sujet?... L'inventeur n'est-il pas ici chez lui?... Il l'a répété... il le croit... On vient l'attaquer... il se défend!

Cependant les cinq bâtiments marchent à petite vitesse, le cap sur

la pointe de l'ilot. Peut-être, à bord, a-t-on l'idée que Thomas Roch
n'a pas encore livré son dernier secret aux pirates de Back-Cup, —
et il ne l'était point, en effet, le jour où j'ai jeté le tonnelet dans les
eaux du lagon. Or, si les commandants ont l'intention d'opérer un
débarquement sur l'ilot, si leurs navires se risquent sur cette zone
large d'un mille, il n'en restera bientôt plus que d'informes débris à
la surface de la mer!...

Voici Thomas Roch, accompagné de l'ingénieur Serkö. Au sortir
du couloir, tous deux se dirigent vers celui des chevalets qui est
pointé dans la direction du navire de tête.

Ker Karraje et le capitaine Spade les attendent l'un et l'autre en
cet endroit.

Autant que j'en puis juger, Thomas Roch est calme. Il sait ce
qu'il va faire. Aucune hésitation ne troublera l'âme de ce malheureux, égaré par ses haines!

Entre ses doigts brille un des étuis de verre dans lequel est enfermé le liquide du déflagrateur.

Ses regards se portent alors vers le navire le moins éloigné, qui
se trouve à la distance de cinq milles environ.

C'est un croiseur de moyenne dimension, — deux mille cinq cents
tonnes au plus.

Le pavillon n'est pas hissé; mais, par sa construction, il me semble
bien que ce navire est d'une nationalité qui ne saurait être très
sympathique à un Français.

Les quatre autres bâtiments restent en arrière.

C'est ce croiseur qui a mission de commencer l'attaque contre
l'ilot.

Que son artillerie tire donc, puisque les pirates le laissent s'approcher, et, dès qu'il sera à portée, puisse le premier de ses projectiles
frapper Thomas Roch!...

Tandis que l'ingénieur Serkö relève avec précision la marche du
croiseur, Thomas Roch vient se placer devant le chevalet. Ce chevalet
porte trois engins, chargés de l'explosif, auxquels la matière fusante

doit assurer une longue trajectoire, sans qu'il ait été nécessaire de leur imprimer un mouvement de giration, — ce que l'inventeur Turpin avait imaginé pour ses projectiles giroscopiques. Il suffit, d'ailleurs, qu'ils éclatent à quelques centaines de mètres du bâtiment pour que celui-ci soit anéanti du coup.

Le moment est venu.

« Thomas Roch! » s'écrie l'ingénieur Serkö.

Il lui montre du doigt le croiseur. Celui-ci gagne lentement vers la pointe nord-ouest et n'est plus qu'à une distance comprise entre quatre et cinq milles...

Thomas Roch fait un signe affirmatif, indiquant d'un geste qu'il veut être seul devant le chevalet.

Ker Karraje, le capitaine Spade et les autres reculent d'une cinquantaine de pas.

Alors Thomas Roch débouche l'étui de verre qu'il tient de la main droite, verse successivement sur les trois engins, par une ouverture ménagée à leur tige, quelques gouttes du liquide, qui se mêle à la matière fusante..

Quarante-cinq secondes s'écoulent, — temps nécessaire pour que la combinaison se produise, — quarante-cinq secondes pendant lesquelles il semble que mon cœur ait cessé de battre...

Un effroyable sifflement déchire l'air, et les trois engins, décrivant une courbe très allongée à cent mètres dans l'air, dépassent le croiseur...

L'ont-ils donc manqué?... Le danger a-t-il disparu?...

Non! ces engins, à la façon du projectile discoïde du commandant d'artillerie Chapel, reviennent sur eux-mêmes comme un boomerang australien...

Presque aussitôt l'espace est secoué avec une violence comparable à celle d'une poudrière de mélinite ou de dynamite qui ferait explosion. Les basses couches atmosphériques sont refoulées jusqu'à l'îlot de Back-Cup, lequel tremble sur sa base...

Je regarde...

Le croiseur a disparu, démembré, éventré, coulé par le fond. C'est l'effet du boulet Zalinski, mais centuplé par l'infinie puissance du Fulgurateur Roch.

Quelles vociférations poussent ces bandits, en se précipitant vers l'extrémité de la pointe. Ker Karraje, l'ingénieur Serkö, le capitaine Spade, immobiles, peuvent à peine croire ce qu'ont vu leurs propres yeux!

Quant à Thomas Roch, il est là, les bras croisés, l'œil étincelant, la figure rayonnante.

Je comprends, en l'abhorrant, ce triomphe de l'inventeur, dont la haine est doublée d'une vengeance satisfaite!...

Et si les autres navires s'approchent, il en sera d'eux comme du croiseur. Ils seront inévitablement détruits, dans les mêmes circonstances, sans qu'ils puissent échapper à leur sort!... Eh bien! quoique mon dernier espoir doive disparaître avec eux, qu'ils prennent la fuite, qu'ils regagnent la haute mer, qu'ils abandonnent une attaque inutile!... Les nations s'entendront pour procéder autrement à l'anéantissement de l'îlot!... On entourera Back-Cup d'une ceinture de bâtiments que les pirates ne pourront franchir, et ils mourront de faim dans leur repaire comme des bêtes fauves dans leur antre!...

Mais — je le sais, — ce n'est pas à des navires de guerre qu'il faut demander de reculer, même s'ils courent à une perte certaine. Ceux-ci n'hésiteront pas à s'engager l'un après l'autre, dussent-ils être engloutis dans les profondeurs de l'Océan!

Et, en effet, voici que des signaux multiples sont échangés de bord à bord. Presque aussitôt l'horizon se noircit d'une fumée plus épaisse, rabattue par le vent du nord-ouest, et les quatre navires se sont mis en marche.

L'un deux les devance, au tirage forcé, ayant hâte d'être à portée pour faire feu de ses grosses pièces...

Moi, à tout risque, je sors de mon trou... Je regarde, les yeux enfiévrés... J'attends, sans pouvoir l'empêcher, une seconde catastrophe...

Ce navire, qui grandit à vue d'œil, est un croiseur d'un tonnage à peu près égal à celui du bâtiment qui l'avait précédé. Aucun pavillon ne flotte à sa corne, et je ne puis reconnaître à quelle nation il appartient. Il est visible qu'il pousse ses feux, afin de franchir la zone dangereuse, avant que de nouveaux engins aient été lancés. Mais comment échappera-t-il à leur puissance destructive, puisqu'ils peuvent le prendre à revers?...

Thomas Roch s'est placé devant le deuxième chevalet, au moment où le navire passe à la surface de l'abîme dans lequel, après l'autre vaisseau, il va s'engloutir à son tour...

Rien ne trouble le silence de l'espace, bien qu'il vienne quelques souffles du large.

Soudain, le tambour bat à bord du croiseur... Des sonneries se font entendre. Leurs voix de cuivre arrivent jusqu'à moi...

Je les reconnais, ces sonneries... des sonneries françaises... Grand Dieu!... c'est un bâtiment de mon pays qui a devancé les autres et qu'un inventeur français va anéantir!...

Non!... Cela ne sera pas... Je vais m'élancer sur Thomas Roch... Je vais lui crier que ce bâtiment est français... Il ne l'a pas reconnu... il le reconnaîtra...

En cet instant, sur un signe de l'ingénieur Serkö, Thomas Roch lève sa main qui tient l'étui de verre...

Alors les sonneries jettent des éclats plus vibrants. C'est le salut au drapeau... Un pavillon se déploie à la brise... le pavillon tricolore, dont le bleu, le blanc, le rouge, se détachent lumineusement sur le ciel.

Ah!... que se passe-t-il?... Je comprends!... A la vue de son pavillon national, Thomas Roch est comme fasciné!... Son bras s'abaisse peu à peu à mesure que ce pavillon monte lentement dans les airs!.. Puis il recule... il couvre ses yeux de sa main, comme pour leur cacher les plis de l'étamine aux trois couleurs...

Ciel puissant!... tout sentiment de patriotisme n'est donc pas éteint dans ce cœur ulcéré, puisqu'il bat encore à la vue du drapeau de son pays!...

Mon émotion n'est pas moindre que la sienne!... Au risque d'être aperçu, — et que m'importe? — je rampe le long des roches... Je veux être là pour soutenir Thomas Roch et l'empêcher de faiblir!... Dussé-je le payer de ma vie, je l'adjurerai une dernière fois au nom de sa patrie!... Je lui crierai :

« Français, c'est le pavillon tricolore qui est arboré sur ce navire!... Français, c'est un morceau de la France qui s'approche!... Français, seras-tu assez criminel pour le frapper?... »

Mais mon intervention ne sera pas nécessaire... Thomas Roch n'est pas en proie à une de ces crises qui le terrassaient autrefois... Il est maître de lui-même...

Et lorsqu'il s'est vu face au drapeau, il a compris... il s'est rejeté en arrière...

Quelques pirates se rapprochent, afin de le ramener devant le chevalet...

Il les repousse... il se débat...

Ker Karraje et l'ingénieur Serkö accourent... Ils lui montrent le navire qui s'avance rapidement... Ils lui ordonnent de lancer ses engins...

Thomas Roch refuse.

Le capitaine Spade, les autres, au comble de la fureur, le menacent... l'invectivent... le frappent... ils veulent lui arracher l'étui de la main...

Thomas Roch jette l'étui à terre et l'écrase sous son talon...

Quelle épouvante s'empare alors de tous ces misérables!... Ce croiseur a franchi la zone, et ils ne peuvent répondre aux projectiles, qui commencent à tomber sur l'îlot, dont les roches volent en éclat...

Mais où est donc Thomas Roch?... A-t-il été atteint par un de ces projectiles?... Non... je l'aperçois une dernière fois, au moment où il s'élance à travers le couloir...

Ker Karraje, l'ingénieur Serkö, les autres vont à sa suite, chercher un abri à l'intérieur de Back-Cup...

Moi... à aucun prix je ne veux rentrer dans la caverne, — dussé-je
être tué à cette place! Je vais prendre mes dernières notes, et, lorsque
les marins français débarqueront sur la pointe, j'irai...

FIN DES NOTES DE L'INGÉNIEUR SIMON HART.

•

———

XVIII

A BORD DU TONNANT.

Après la tentative faite par le lieutenant Davon, auquel mission
avait été donnée de pénétrer à l'intérieur de Back-Cup avec le *Sword*,
les autorités anglaises ne purent mettre en doute que ces hardis marins n'eussent succombé. En effet, le *Sword* n'avait pas reparu aux
Bermudes. S'était-il brisé contre les récifs sous-marins en cherchant
l'entrée du tunnel? Avait-il été détruit par les pirates de Ker Karraje? On ne savait.

Le but de cette expédition, en se conformant aux indications du
document recueilli dans le tonnelet sur la grève de Saint-Georges,
était d'enlever Thomas Roch avant que la fabrication de ses engins
fût achevée. L'inventeur français repris, — sans oublier l'ingénieur
Simon Hart, — il serait remis entre les mains des autorités bermudiennes. Cela fait, on n'aurait plus rien à redouter du Fulgurateur
Roch en accostant l'îlot de Back-Cup.

Mais, quelques jours s'étant écoulés sans que le *Sword* fût de
retour, on dut le considérer comme perdu. Les autorités décidèrent

Un seul corps se retrouva intact. (Page 219.)

alors qu'une seconde expédition serait tentée dans d'autres conditions d'offensive.

En effet, il fallait tenir compte du temps qui s'était écoulé — près de huit semaines — depuis le jour où la notice de Simon Hart avait été confiée au tonnelet. Peut-être Ker Karraje possédait-il actuellement tous les secrets de Thomas Roch?

Une entente, conclue entre les puisances maritimes, décida l'envoi

23

de cinq navires de guerre sur les parages des Bermudes. Puisqu'il existait une vaste caverne à l'intérieur du massif de Back-Cup, on tenterait d'abattre ses parois comme les murs d'un bastion sous les coups de la puissante artillerie moderne.

L'escadre se réunit à l'entrée de la Chesapeake en Virginie, et se dirigea vers l'archipel en vue duquel elle arriva dans la soirée du 17 novembre.

Le lendemain matin, le navire désigné pour la première attaque se mit en marche. Il était encore à quatre milles et demi de l'îlot, lorsque trois engins, après l'avoir dépassé, revinrent sur eux-mêmes, le prirent à revers, éclatèrent à cinquante mètres de son bord, et il coula en quelques secondes.

L'effet de cette explosion, due à un formidable bouleversement des couches atmosphériques, à un ébranlement de l'espace, supérieur à tout ce que l'on avait obtenu jusqu'alors des nouveaux explosifs, avait été instantané. Les quatre navires, restés en arrière, en éprouvèrent un effroyable contre-coup à la distance où ils se trouvaient.

Deux conséquences étaient à déduire de cette soudaine catastrophe :

1° Le pirate Ker Karraje disposait du Fulgurateur Roch.

2° Le nouvel engin possédait la puissance destructive que lui attribuait son inventeur.

Après cette disparition du croiseur d'avant-garde, les autres bâtiments envoyèrent leurs canots afin de recueillir les survivants de ce désastre, accrochés à quelques épaves.

C'est alors que les navires échangèrent des signaux et se lancèrent vers l'îlot de Back-Cup.

Le plus rapide, le *Tonnant,* — un navire de guerre français, — prit l'avance à toute vapeur, tandis que les autres bâtiments forçaient leurs feux pour le rejoindre.

Le *Tonnant* pénétra d'un demi-mille sur la zone qui venait d'être bouleversée par l'explosion, au risque d'être anéanti par d'autres engins. Au moment où il évoluait afin de mettre ses grosses pièces en direction, il arbora le pavillon tricolore.

Du haut des passerelles, les officiers pouvaient apercevoir la bande de Ker Karraje éparpillée sur les roches de l'ilot.

L'occasion était favorable pour écraser ces malfaiteurs, en attendant qu'on pût éventrer leur retraite à coups de canon. Aussi le *Tonnant* envoya-t-il ses premières décharges, auxquelles répondit une fuite précipitée des pirates à l'intérieur de Back-Cup...

Quelques minutes après, l'espace fut secoué par une commotion telle que la voûte du ciel sembla s'écrouler dans les abîmes de l'Atlantique.

A la place de l'ilot, il n'y avait plus qu'un amas de roches fumantes, roulant les unes sur les autres comme les pierres d'une avalanche. Au lieu de la coupe renversée, la coupe brisée!... Au lieu de Back-Cup, un entassement de récifs, sur lesquels écumait la mer que l'explosion avait soulevée en un énorme mascaret!...

Quelle avait été la cause de cette explosion?... Était-ce volontairement qu'elle avait été provoquée par les pirates, qui voyaient toute défense impossible?...

Le *Tonnant* n'avait été que légèrement atteint par les débris de l'ilot. Son commandant fit mettre les embarcations à la mer, et elles se dirigèrent vers ce qui émergeait de Back-Cup.

Après avoir débarqué sous les ordres de leurs officiers, les équipages explorèrent ces débris, qui se confondaient avec le banc rocheux dans la direction des Bermudes.

Çà et là furent recueillis quelques cadavres affreusement mutilés, des membres épars, une boue ensanglantée de chair humaine... De la caverne, on ne voyait plus rien. Tout était enseveli sous ses ruines.

Un seul corps se retrouva intact sur la partie nord-est du récif. Bien que ce corps n'eût plus que le souffle, on garda l'espoir de le ramener à la vie. Étendu sur le côté, sa main crispée tenait un carnet de notes, où se lisait une dernière ligne inachevée...

C'était l'ingénieur français Simon Hart, qui fut transporté à bord du *Tonnant*. Malgré les soins qui lui furent donnés, on ne parvint pas à lui faire reprendre connaissance.

Toutefois, par la lecture des notes, rédigées jusqu'au moment où s'était produite l'explosion de la caverne, il fut possible de reconstituer une partie de ce qui s'était passé pendant les dernières heures de Back-Cup.

D'ailleurs, Simon Hart devait survivre à cette catastrophe, — seul de tous ceux qui en avaient été les trop justes victimes. Dès qu'il se trouva en état de répondre aux questions, voici ce qu'il y eut lieu d'admettre d'après son récit, — ce qui, en somme, était la vérité.

Remué dans toute son âme à la vue du pavillon tricolore, ayant enfin conscience du crime de lèse-patrie qu'il allait commettre, Thomas Roch, s'élançant à travers le couloir, avait gagné le magasin dans lequel étaient entassées des quantités considérables de son explosif. Puis, avant qu'on eût pu l'en empêcher, il avait provoqué la terrible explosion et détruit l'ilot de Back-Cup.

Et, maintenant, ont disparu Ker Karraje et ses pirates, — et, avec eux, Thomas Roch et le secret de son invention!

FIN.

TABLE

FIN DE LA TABLE.

4962 B. — Paris, Imp. Gauthier-Villars et fils, 55, quai des Gr.-Augustins.